Cesare Pavese

Terre d'exil

et autres nouvelles

Traduit de l'italien
par Pierre Laroche

Gallimard

Né le 9 septembre 1908 à San Stefano Belbo, dans les collines au sud-est de Turin, Cesare Pavese vouera toute sa vie un attachement sans borne à sa région, attachement qui marquera toute son œuvre. Orphelin de père, Pavese est un enfant solitaire et passionné par les livres. Après un bref passage dans l'enseignement, il commence à traduire les auteurs anglais et américains comme Melville, Joyce, Defoe, Dickens ou Dos Passos. En 1935, lié avec les milieux intellectuels et antifascistes, il tente d'aider une femme inscrite au Parti communiste, ce qui lui vaut d'être assigné à résidence en Calabre pendant un an. Il entreprend alors d'écrire son journal qui sera publié après sa mort sous le titre *Le métier de vivre*. À partir de 1936, il devient l'un des principaux collaborateurs d'une grande maison d'édition de Turin, Einaudi. La même année, il publie un recueil de poésie, *Travailler fatigue*, qui passe inaperçu. Après la guerre, il adhère au Parti communiste et écrit régulièrement dans l'*Unità*. L'après-guerre est une période très féconde : il publie une réflexion sur les grands mythes de l'humanité, *Dialogues avec Leuco* et *Le camarade*, l'histoire d'une éducation politique et sentimentale, en 1947. *Avant que le coq chante*, paru l'année suivante, rassemble plusieurs récits dont *La prison*, inspiré de son assignation à résidence, et *La maison sur la colline* qui évoque la Résistance dans le Piémont. *Le bel été*, en 1949, se compose de trois courts romans qui racontent les longues veillées jusqu'à l'heure nocturne où les personnages se mettent à marcher, dans la ville et sur les collines, retardant toujours le moment de se quitter, prolongeant jusqu'à l'aube cette veille commune qui n'est que l'attente de l'impossible. Son dernier livre *La lune et les feux*, qui raconte l'histoire d'un ancien pupille de l'Assistance publique qui revient, après avoir émigré, au pays qui lui tient lieu de pays natal, fait figure de testament spirituel. Cesare Pavese se suicide le 27 août 1950 à Turin, dévoré par le sentiment que le langage ne peut traduire la réalité de la vie.

Solitaire et obsédé par le désir de saisir l'infinité du monde, Cesare Pavese a laissé une œuvre riche, douloureuse et poétique, d'une très grande beauté formelle.

Terre d'exil

I

Expédié pour d'étranges raisons de travail au fin fond de l'Italie, je me sentais très seul et je considérais ce sale petit village un peu comme une punition — ce genre de punition qui attend, au moins une fois dans la vie, chacun de nous —, un peu comme une bonne retraite où je pourrais me recueillir et faire de bizarres expériences. Et ce fut une punition, pendant tous les mois où j'y demeurai ; alors qu'en ce qui concerne les observations exotiques, je ne fus pas peu déçu. Je suis un Piémontais et je regardais les choses de là-bas avec des yeux si hostiles que leur signification probable m'échappait. Tandis que maintenant, les ânes, les cruches à la fenêtre, les sauces bigarrées, les hurlements des vieilles bonnes femmes et les mendiants, je me rappelle tout, d'une façon si violente et mystérieuse que je regrette vraiment de ne pas leur avoir accordé une attention plus cordiale. Et si je repense à l'intensité avec laquelle je regrettais alors les ciels et les routes du Piémont — où je vis maintenant dans un tel trouble — je ne peux conclure qu'une chose, c'est que nous sommes faits de telle sorte que seul ce qui est passé ou changé ou disparu nous révèle son visage réel.

Là-bas, il y avait la mer. Une mer lointaine et délavée qui, aujourd'hui encore, s'ouvre derrière toutes mes mélancolies. C'est là que finissait toute terre, sur des plages désolées et basses, dans une immensité vague. Il y avait des jours où, assis sur le gravier, je fixais de gros nuages accumulés à l'horizon sur la mer, avec un sentiment d'appréhension. J'aurais voulu que tout soit vide derrière ce précipice inhumain.

La plage était désolée mais pas repoussante. Je m'y promenais volontiers — tant je m'ennuyais dans le village — le matin ou vers le soir, en suivant la zone des galets pour ne pas peiner dans le sable ; et je m'efforçais de prendre plaisir aux petits buissons de géraniums en fleurs ou aux puissantes feuilles d'agave. Chaque fois, j'étais agacé par le rejeton sableux de quelque figuier de Barbarie arraché ou déchiqueté, dont la pulpe verte de certaines feuilles était desséchée et montrait le lacis des fibres.

Je me rappelle un matin de juillet, si intense que la mer ne se détachait pas sur le ciel. Quelques pas plus haut que la grève, les barques décolorées et usées s'entassaient ; et certaines,

inclinées, paraissaient se reposer de la pêche de
la nuit. Les vagues, sur le rivage, bruissaient à
peine, comme écrasées par l'imposante étendue
de l'eau.

Assis à l'ombre, contre une barque, je vis l'ouvrier condamné à la relégation dans ce village.
Il regardait vers la colline, vers le sommet cou-
ronné de murailles de roc blanc, là où était la
partie ancienne du village. Il semblait sous le
charme de cette clarté du ciel qui allégeait et voilait toute chose. À mon passage, il ne se retourna
pas. Il avait sa casquette abaissée sur les yeux et
son costume marron déchiré aux coudes et
déformé aux genoux.

Quand je l'eus dépassé, j'entendis qu'on
m'appelait. De ma poche, bien reconnaissable,
sortait un journal de Turin.

Tandis que le jeune homme lisait, je respirais,
blotti à l'ombre de la barque. Il y avait une odeur
de bois chauffé par le soleil et de sable brûlant.
«Vous ne vous baignez pas ? lui demandai-je, au
bout d'un moment.

— Ces journaux disent tous la même chose,
répondit-il, et il fouilla dans sa poche. Vous
n'avez rien à fumer ? »

Je lui donnai de quoi fumer. Je commençai à
me déshabiller sous le soleil.

«Je ne suis pas un politique, reprit-il. Moi,
dans les journaux, je ne cherche pas la politique.

Ça me fait plaisir de lire ce qui se passe chez moi.
Au lieu de cela, ils ne parlent que de politique.

— Je croyais que vous étiez...

— Je suis de droit commun, coupa-t-il vivement. J'ai cassé la figure à un milicien, mais je
suis de droit commun. » Il enfonça sa casquette
sur ses yeux. « Je l'ai dérouillé pour des raisons
personnelles. »

J'enfilai mon maillot et je m'assis au soleil. Je
regardais vers la mer tremblante et immobile. Je
savourais à l'avance l'écume de mes brassées, la
fraîcheur du fond, les irisations du soleil sous
l'eau. Cela me gênait, ce corps habillé que j'en-
trevoyais par en dessous la barque. De longues
manches, un pantalon pesant, une casquette
enfoncée : comment faisait-il pour ne pas étouffer ?

« Vous vous baignez ? demandai-je à nouveau.

— Je préfère l'eau de rivière, répondit-il d'un
air pensif.

— Ici, il n'y en a pas », dis-je.

Je revins au rivage tout ruisselant et je me jetai
sur le sable. Je restais les yeux fermés.

Quand je les rouvris et que je m'assis, je jetai
un regard égaré sur la côte. Sur la pâleur déses-
pérée des plantes grasses et des maisons roses
toutes proches, ce soleil tapait toujours. Mon
complet faisait une tache sombre près de la
barque.

« Vous aussi vous êtes relégué ? cria de là-bas le jeune homme.

— Ici nous le sommes tous un peu, répondis-je à voix forte. Le seul soulagement, c'est d'aller à l'eau.

— Et l'hiver, quel soulagement y a-t-il ?

— L'hiver, on pense à chez nous.

— Moi, j'y pense même en été. »

Il vint à côté de moi et s'assit sur le sable. Il avait quitté sa veste ; il portait une chemise foncée, sans manches.

« À quels pays croyez-vous que pensent les gens d'ici ? demanda-t-il.

— Ils pensent à l'Italie du Nord, plus que nous.

— Oui, mais leur pays, c'est ici. À eux, il ne leur manque rien. »

Entre la plage et les premières maisons décrépites du hameau au bord de la mer, un groupe de femmes traversait la voie ferrée. Elles allaient dans leur coin entre les rochers, en remontant la côte, pour se baigner. Elles étaient vieilles, vêtues de marron, petites ; parmi elles, une jeune fille en blanc.

Je dis n'importe quoi : « Évidemment, on nage mieux dans le Pô. Il y a moins de soleil et on est plus à l'aise.

— Où habitiez-vous à Turin ? »

Je le lui dis.

« Mais qu'est-ce que vous faites dans ce pays ?

— Je travaille à la route provinciale. C'est moi l'ingénieur. »

Le relégué se frotta le nez avec le dos de la main. « Moi, j'étais mécanicien, dit-il, en me regardant. Vous recevez du courrier de Turin, vous ?

— De temps en temps.

— Moi, j'en ai reçu l'autre jour. » Et il tira de sa poche une carte postale représentant une vue de la gare. « Vous connaissez cet endroit ? »

Je regardai un instant l'illustration, en souriant, et je la lui rendis, gêné.

« Il y a le bonjour d'une fille. Si elle m'envoie le bonjour, ça veut dire qu'elle me fait cocu. Je les connais. »

Cette vantardise me déplut. J'allumai une cigarette sans répondre : j'attendais la suite. Mais l'autre se tut. Au bout de quelque temps, il me rendit mon journal avec un salut brusque et il s'en alla, en trébuchant dans le sable.

II

Certains soirs, en rentrant du travail, je traversais le village au bord de la mer et, chaque fois, je trouvais incompréhensible que, pour quelques-uns de ses enfants éparpillés dans le monde, cette terre soit la seule, le sceau et le

refuge de la vie. Je ne pensais pas à la rareté des
champs et des eaux, à la fausse étrangeté des
plantes grasses et contournées, à la nudité de la
côte. Ces choses ne sont que la nature et moi-
même je les combattais en asphaltant une route.

Ce qui était rebutant et vide, c'était vraiment
la façon de vivre des gens : des mots et des
formes d'une réalité relâchée, que dénaturaient
des restes d'un passé impénétrable. Avec une
vivacité indolente, les hommes sortaient à toutes
les heures de leur masure pour se rendre chez
le barbier. On aurait dit qu'ils ne prenaient pas
la journée au sérieux. Il passaient leur temps
dans la rue ou assis sur le pas de la porte à bavarder ; ils parlaient ce dialecte qui, loin de là, sur
les montagnes de l'intérieur, servait aux gar-
diens de troupeaux et aux charbonniers. Peut-
être travaillaient-ils de nuit, ou en cachette, dans
leur maison jalouse et étouffante, mais à la
lumière du jour, du matin au soir, ils avaient seulement l'air d'invités ennuyés, en liberté. Et
aucun ne voulait voir sa femme dans la rue. Les
vieilles sortaient, les fillettes sortaient, mais les
épouses, les filles en pleine beauté, ne sortaient
pas.

C'est pour cela, certainement, que le village
était désagréable. Ces hommes semblaient y
vivre provisoirement. Ils ne s'identifiaient pas à
ses campagnes, à ses routes. Ils ne les possé-
daient pas. Ils y étaient comme déracinés et leur

perpétuelle vivacité trahissait une inquiétude animale.

Pourtant, à la tombée du jour, le village aussi s'adoucissait sous le ciel. Du bord de la mer venait un peu d'air et dans les rues, tourbillonnaient les gosses à demi nus et les vieilles criaillaient. Des portes, s'exhalait une odeur lourde de friture et j'avais coutume de m'asseoir à une auberge, en face de la gare déserte. Je regardais passer le troupeau de chèvres qui donnait le lait au village et je m'engourdissais dans la pénombre, savourant ma solitude. Je me plongeais dans une émotion amère à l'idée que derrière moi, de l'autre côté des montagnes, le vaste monde continuait à vivre et qu'un jour je le traverserais à nouveau. Il y avait là-bas quelqu'un qui m'attendait et cette certitude me donnait un détachement silencieux à l'égard de toute chose et une indulgence rêveuse face à tout ennui. J'allumais une cigarette.

Aussitôt Ciccio apparaissait : « Monsieur, vous me donnez quelque chose ? »

Et, se frottant les mains à l'avance : « Je fume moi aussi.

» Merci : serviteur. »

Ciccio était petit, tout bronzé, avec une barbiche grise et des yeux malins. Il se drapait dans un manteau décoloré et avait les pieds enveloppés de bouts de chiffon maintenus par des lanières. Quand il avait dépensé en vin l'argent des aumônes, il restait caché pour ne pas don

ner un vilain spectacle de lui-même. Il venait
d'un village de l'intérieur, et sa légende était
célèbre. Les gens m'en avaient parlé — comme
de tout ce qui leur appartenait — avec orgueil.

Ciccio était idiot, et de temps en temps il était
pris d'un accès qui le faisait hurler en l'air dans
la rue contre des fantasmes à lui. C'est sa femme
qui l'avait réduit dans cet état, en disparaissant
avec un type. Et Ciccio plaqua tout, travail, maison, dignité, et fouilla pendant un an ces côtes
sans savoir qui il pouvait bien chercher. Puis on
le mit à l'hôpital, mais lui ne voulut pas et
retourna dans ses campagnes et devint le véri-
table Ciccio, le mendiant symbolique, qui pré-
férait un mégot ou un petit verre à une grande
assiettée de soupe.

Quand on jouait aux cartes à l'auberge, les
gens le chassaient parce qu'il cassait les pieds.
Mais quand ils s'ennuyaient ou quand passait un
étranger, Ciccio valait de l'or. Il était un
exemple convaincant du caractère passionné de
l'endroit.

Dans les premiers temps de sa mendicité, il
avait été emprisonné plusieurs fois le long de
cette côte et il lui en était resté une telle horreur
pour les lieux fermés que, même en hiver, il dormait sous les ponts. « Sinon, qu'est-ce que ce
serait comme souffrance ? » m'expliqua-t-il tout
d'un coup d'une voix rageuse. Je pensai souvent
à cette phrase. Peut-être lui était-il resté des
remords qui pouvaient maintenant donner un

motif à sa vie ? Bien qu'un peu piqué, Ciccio
n'était pas toujours bête. Un désastre comme le
sien, une souffrance à le rendre abruti, pouvait
bien avoir ramené à la lumière en lui une faute
vraie ou supposée et brisé le droit aux lamenta-
tions. Mais de cette façon — privé même du
réconfort de crier à l'injustice — Ciccio aurait
été vraiment trop malheureux. À cette époque-
là, je préférais croire qu'il avait parlé sans réflé-
chir, comme il le faisait d'ailleurs plus souvent
qu'à son tour en demandant l'aumône.

À certaines indiscrétions grossières sur ses mal-
heurs, Ciccio répondait par un fatras de raisons
qui détournaient la conversation. Quand la petite
blonde vint de la ville — on l'avait fait venir en
cachette et mise en commun pendant deux jours
dans la boucherie — le boucher lui-même expliqua à Ciccio : « Tu vois, Ciccio, tu aurais dû la
tuer, ta femme. Maintenant elle fait aussi la
putain, comme celle-là. » Mais Ciccio d'un air
rusé : « Si la femme commet le péché, le plaisir
est pour elle et le péché pour l'homme. Dans la
mesure où nous savons encore nous amuser... »

III

La nuit, je faisais venir le sommeil en m'asseyant sur la plage et en écoutant le clapotis de

la mer dans le noir. Parfois je restais à l'hôtel à étudier la carte des travaux ou à relire mes journaux et, en fumant, je rêvais à mon transfert qui ne pouvait tarder.

Un soir, je revenais très énervé de la plage au village quand une voix m'appela. Je me retourne et j'entrevois l'ouvrier turinois assis sur une murette. Je m'étonnai : je savais que son règlement lui interdisait de sortir à cette heure-là.

« Comment ça va, Otino ? »

Il me donna une cigarette et nous nous mîmes à marcher sur la route bordée d'oliveraies. On sentait l'âpre parfum des campagnes de septembre sous le ciel frais. Le relégué ne parlait pas. Nous fîmes une cinquantaine de mètres, puis nous revînmes, passant et repassant devant les baraques où il habitait.

« C'est un système bien trouvé pour rester chez soi tout en prenant l'air », dis-je finalement.

L'autre se taisait ; les lèvres serrées, à ce que je voyais. Et il fixait le sol, là où il marchait.

« Vous avez encore longtemps à faire ? »

Cette fois non plus, il ne fit pas attention à moi, mais avec une espèce d'effort, comme s'il avait eu la gorge tranchée, il dit sans me regarder :

« Je vais casser la figure à quelqu'un. »

Je m'arrêtai, le saisis par un bras : « Que diable arrive-t-il ? »

Il se dégagea et s'arrêta : « Je ne dis pas ça pour vous, marmonna-t-il d'une voix hargneuse.

Les femmes sont des salopes. Moi, je suis ici, à
vivre comme un moine et elle se fait baiser.

— Celle de la carte postale ? Mais puisqu'elle
vous écrit. »

Le mécanicien me fixa avec haine : « C'était
ma femme. »

Je le regardai, atterré.

« Quand j'étais en taule, elle venait tous les
jours me voir, elle pleurait et elle voulait venir
avec moi. Mais comment aurait-elle pu vivre ici ?
Ici il n'y a pas d'usines. Ensuite je l'ai comprise
et je lui ai écrit de venir. Elle ne m'a jamais
répondu. En ce moment elle est au lit avec quelqu'un.

— Mais vous n'êtes pas... ?

— Nous vivions ensemble. » Il se racla la
gorge ; moi, je regardais par terre.

« Bien sûr », dis-je ensuite, confus.

Nous nous étions appuyés à la murette sur
laquelle le mécanicien était assis auparavant. Les
oliviers qui se découpaient en noir faisaient un
mur autour de nous. Mon compagnon respirait
comme s'il avait eu les côtes brisées. Puis, en
s'élançant : « Marchons. »

Nous reprîmes d'un bon pas.

« Mais qu'elle ne vous écrive pas, commençai-
je à un certain moment, ça ne veut pas encore
dire...

— Des histoires, coupa-t-il, pas elle. Ce n'est
pas une femme normale. Même quand j'étais là,
il fallait que je recommence tous les jours. Elle

ne faisait jamais comprendre ce qu'elle pensait. Ce n'est pas qu'elle me commandait, mais elle était dure, dure. Je n'ai été tranquille que quand je l'ai vue pleurer. Pendant deux ans, je l'ai tenue. Et alors, elle m'a eu. » En disant cela, il semblait tourmenté. Il hésitait à parler mais ne pouvait pas se contenir. Les muscles tendus de sa mâchoire lui faisaient un visage encore plus émacié.

« Pourquoi ne lui écrivez-vous pas, Otino ? Les filles de Turin sont gentilles. Elle se décidera bien à vous répondre.

— Pas elle. Il y a six mois, je lui ai écrit de venir, tout de suite ; trois lettres que je lui ai écrites. Vous avez vu la réponse. »

Il continua à parler dans sa tanière meublée. Il m'expliqua qu'il était relégué pour avoir enfoncé la politique à coups de poing dans la tête d'un milicien qui faisait la cour à cette femme. Il en avait pour cinq ans et le premier n'était pas encore fini. Il voulait se jeter la tête contre les murs.

« Pourquoi ne faites-vous pas une demande de grâce ? demandai-je prudemment.

— Une demande ? Je le ferai, dit-il en fixant rageusement la bougie. Je le ferai. Il faut... De toute façon, je ramasserai vingt ans, ajouta-t-il sèchement. Si je reviens. »

Je le regardais, mal à l'aise. Il y avait une table vermoulue, pleine de journaux froissés, une assiette sale, et la bougie allumée, plantée dans une bouteille. Un mélange d'odeur de sueur, de fumée et de lit écrasait cette lumière.

Il marchait de long en large. Du tabouret sur lequel il m'avait fait asseoir, je le dévisageais. Je connaissais ce type d'homme brusque et taciturne. Je ne savais plus que lui dire.

« Et vous ne pouvez plus vous en passer de cette fille ? risquai-je enfin.

— Je m'en passe ! cria-t-il. Je m'en suis passé pendant un an. » Et il s'appuya au mur. « Je m'en passerai encore. Mais qu'elle se passe de moi, je ne veux pas.

» Maintenant vous êtes au courant, reprit-il sèchement. Écoutez, je vous parle en ami, même si nous ne le sommes pas. Si vous avez une bonne amie, mettez-la enceinte. C'est le seul moyen pour les garder.

— Il faut du calme. »

IV

Dans l'ennui de la journée et du village, l'obsession du relégué qui arpentait sans trêve sa chambre ou la plage, toujours seul, le regard fixe, me tenait compagnie. Il se montrait peu — je lui rappelais sa douleur — mais il suffisait d'un salut au loin ou que j'entende parler de lui, pour me rendre compte avec un sursaut insolite

que je n'étais pas seul en cette terre abandon-
née et que quelqu'un y souffrait comme j'aurais
pu y souffrir moi-même. La peine, presque un
remords, que l'exaspération de l'exilé me cau-
sait m'arracha le dernier intérêt que je pouvais
éprouver pour cette vie. J'aspirais désormais à
m'en aller, comme d'une île déserte. Et pourtant, comme s'approchait le jour probable de
mon départ, je me laissais de plus en plus aller,
avec une amère complaisance, à l'atmosphère
désolante de cet endroit.

Parmi les terrassiers de ma route, j'en avais
quelques-uns qui avaient parcouru le monde
sans y amasser aucune fortune, ou en la dissi-
pant. Je les trouvais à l'aube, complètement fau-
chés, sur le seuil de la baraque que nous avions
dressée à l'entrée du pont de l'embouchure déjà
achevé. Je fumais avec eux dans l'air froid, sur
l'horizon bas de la mer, en tirant des bouffées
humides.

Les terrassiers bavardaient.

« Le matin, à Niou Orléans, je restais au lit
avec une femme. Il n'y avait pas beaucoup de
travail et la vie était facile. Maudit soit le jour où
je suis revenu aux torrents de chez nous.

— La chance, c'est la chance. Si tu te mets à
travailler, tu es feinté.

— Il faut demander à Vincenzo Catalano qui
frottait la carène des bateaux et dormait par
terre avec les nègres.

— Il ne faut pas être idiot. Ce sont les gens de chez toi qui te roulent.

— Il n'y a que quand on roule sa bosse qu'on est bien.

— Il suffit d'aller en Italie du Nord.

— Il suffit de ne pas être idiot.

— Il y avait une avenue de palmiers au bord de la mer ; une fois, j'y ai marché du matin jusqu'au soir sans en voir la fin. À la tombée de la nuit, j'étais encore en ville et c'est dans ce café que j'ai rencontré... »

J'avais à faire le surveillant, maintenant que le pont était fini. Rester à veiller à ce que ces trois ou quatre-là allument la chaudière et enfoncent les pieux, c'était maintenant tout mon travail. Près de la chaudière, il y avait un agave roussi. La fumée du bitume se mêlait à l'odeur saumâtre de la plage et, en s'élevant, voilait un soleil pâle, qui faisait mal aux yeux.

Alors je m'éloignais lentement de la mer, le long de la route dénudée, regardant les yeux mi-clos ces montagnes inconnues.

En descendant la route, je rencontrais parfois des paysans sur leur âne. Plus petit que son maître, l'animal trottinait patiemment et passait à côté de moi sans me regarder, tandis que le paysan retirait sa casquette. Il venait du bas de ces pentes, silencieux, d'une bicoque séculaire ou d'une cabane, et m'examinait un instant, d'un regard sombre. Pour certains d'entre eux, la mer était un vague nuage bleu. Quelquefois, une paysanne, petite, vêtue de marron, cuite par le soleil et par ses rides, passait, pieds nus, une corbeille sur la tête, ou tirant un porcelet qui trottinait sur ses trois pattes libres. Elle ne me jetait pas un regard : elle regardait fixement devant elle, les yeux immobiles.

Je ne me lassais pas de ces rencontres. C'étaient là des gens inconnus, qui vivaient leur vie sur leur terre.

Je retournais aux baraques ; les terrassiers m'attendaient assis, parce que quelque difficulté avait surgi et que ce n'était pas à eux de la résoudre. Ainsi venait midi, puis le soir, puis le lendemain ; et avec le mois d'octobre, commença le déluge.

Il était impossible d'asphalter encore. Il pleuvait tellement qu'on aurait dit une cascade. J'écrivis à mon entreprise de m'épargner et d'épargner son argent, et je m'enfermai pendant des journées entières à l'auberge.

Un jour le boucher me prit à part. « Monsieur l'ingénieur, vous versez dix lires et vous faites partie de la société. J'écris dimanche. La marchandise arrive mercredi et jusqu'à vendredi, à n'importe quelle heure que vous en ayez envie, vous frappez trois fois et l'amour vous attend. »

La petite blonde sauta du train un soir de vent et de pluie, le boucher la protégea sons un parapluie, un autre prit sa petite valise, ils disparurent dans la ruelle sombre derrière l'église.

Tout le village était au courant, mais à l'au-

berge on continua à n'en parler qu'entre personnes sûres, le boucher affirmant que de cette
façon on trouverait quelques autres clients pour
Concetta. Ils la nourrissaient de viande et
d'olives, mais la tenaient enfermée. C'était un
continuel va-et-vient. Moi, j'y allai le deuxième
soir. Dans la boutique sombre j'entrevis deux
chevreaux éventrés pendant des crochets au-dessus d'un baquet. Le boucher accourut à ma rencontre, il m'ouvrit une autre porte vermoulue
et, en me serrant la main, me fit entrer.

V

On parla souvent de Concetta à l'auberge. Les
uns disaient qu'elle manquait de classe, les
autres proposaient de la rappeler bientôt. « Ce
qu'il y a, c'est qu'en ville, ces filles-là se fatiguent
trop. La prochaine fois, il faut qu'elle arrive plus
reposée. » Ce qui les avait surtout frappés, c'était
le contraste entre sa carnation foncée et grasse
et la légèreté exotique de ses cheveux blonds.

« Cela vient d'un croisement, expliqua le barbier. Elle a été élevée dans un hospice d'enfants
trouvés. Ce sont les meilleures. Quand j'étais en
Algérie, j'ai été avec une Arabe blanche comme
le lait, avec des cheveux roux. Elle disait qu'elle
était la fille d'un marin. »

Je pestais tout seul qu'on ne m'y prendrait plus. Ces discours posthumes non plus ne me plaisaient pas tellement. Il est humiliant d'entendre des hommes d'une autre région parler de femmes. Je changeai de conversation : « Est-ce que quelqu'un a vu le relégué ?

— Chut ! souffla un jeune homme, en penchant son visage au milieu des nôtres. Doucement ! Hier il est venu quelqu'un de la police pour l'interroger. Il y a un meurtre dans l'histoire.

— Racaille.

— Qui est-ce qu'on a tué ?

— Rien. Ils ne l'ont pas arrêté. Ils voulaient seulement des précisions. Le crime a eu lieu en Italie du Nord.

— Qu'est-ce que vous en savez ?

— En fait, je l'ai vu hier soir marcher sur la plage comme un fou. Il n'avait pas de casquette et il pleuvait. »

Je courus à sa recherche. Chez lui, il n'y était pas. Je demandai à ses voisins. Il était sorti à l'aube comme toujours. Je revins le long de la plage : je trouvai Ciccio, sous une barque retournée, en train de se bander les pieds.

Ciccio l'avait vu. « Je vais vous le montrer. Excusez-moi. »

Nous traversâmes le village. Les gens étaient intrigués. Nous montâmes, tournant le dos à la mer. À minuit, il y avait un hangar qui donnait sur les toits d'en dessous. Au pied d'un pilier, Otino était assis, regardant le sol.

Il leva un visage agacé et douloureux. Il me salua d'un signe.

« Qu'est-ce qui est arrivé, Otino ?

— Ce qui devait arriver. »

Depuis l'autre pilier, où il avait couru s'asseoir, Ciccio me fit le geste de quelqu'un qui fume. Je l'envoyai au diable.

« J'ai appris que quelqu'un de la police...

— Tout finit par se savoir », dit Otino d'un air sombre. Puis il regarda autour de lui et dévisagea Ciccio.

« C'est un idiot qui n'entend pas, fis-je. Si vous voulez me raconter, vous pouvez.

— Celui dont la femme s'est sauvée ? Il faut bien être dingue pour se mettre dans cet état.

— Otino, cela fait une demi-heure que je vous cherche ; on m'a dit que vous n'allez pas bien.

— Moi ? éclata-t-il. Moi ? Il n'y a qu'une chose » — et il scanda les mots entre ses lèvres décolorées — « qui m'est restée sur le cœur : c'est que maintenant, je ne peux plus le faire moi-même.

— Quoi ? balbutiai-je.

— Mais arrêtez donc, me cria-t-il au visage. Ici tout se sait. Qu'est-ce que vous avez à faire semblant ?

— Otino, si je le dis, vous pouvez me croire. J'ai appris que quelqu'un de la police vous a parlé, mais ce qu'il peut vous avoir dit, ou quelles précisions il pouvait vouloir, je n'en ai pas idée.

— Donnez-moi de quoi fumer », fit-il brusquement. Je lui tendis une cigarette ; puis je regardai Ciccio et je lui jetai la sienne, qu'il attrapa au vol.

« Alors, écoutez. Ma femme » — et il esquissa un sourire — « ma femme a été tuée par un compagnon de travail, avec qui elle vivait depuis six mois et qu'elle fréquentait depuis deux ans. Le soussigné est interrogé parce qu'il fréquentait la victime — il fréquentait — et qu'il pourrait éclairer certains précédents importants. Vous savez le plus beau ? fit-il ensuite, en me prenant le bras. Il lui a tiré sept balles, toutes en pleine figure. »

Il n'essayait plus de rire. Il parlait avec une vivacité sèche, répétant les mots comme par obligation, sans que sa voix tressaille. Quand il eut fini, il resta à hocher la tête, fixant la cigarette intacte entre ses doigts. Puis il explosa. Il serra dans sa main la cigarette et la jeta au loin, avec un rugissement comme s'il avait aussi jeté sa main.

Je sentis la secousse dans mon bras prisonnier. En me dégageant, je dis doucement : « Excusezmoi, Otino.

— Ce qui me reste sur le cœur, c'est que je ne peux plus le faire moi-même, gémit-il encore

une fois. Depuis deux ans, » — et il se prit la tête
entre les mains. « Depuis deux ans. »

Je m'en allai de ce hangar ouvert sur la mer,
crispé et humilié. Les deux qui restèrent là
n'étaient pas des types qui allaient bien ensemble. Je les vis pourtant quelques jours plus tard,
sur la place, assis sur le grand tronc d'arbre. Ils
ne parlaient pas mais, enfin, ils étaient ensemble.

Je passai les derniers jours à errer, même sous
la pluie. La mer, j'évitais de la regarder : elle était
sale, agitée, effrayante. Le village et la campagne
avaient comme rapetissé. En quelques pas, j'arrivais en n'importe quel endroit et j'en revenais
insatisfait. Je n'en pouvais plus. Toute couleur
était noyée et, dans le mauvais temps, les montagnes avaient disparu. Maintenant, à ce village,
il manquait même le fond qui, par le passé, avait
donné un horizon à mes promenades.

Seule, sous la pluie resta bien visible depuis la
fenêtre de l'hôtel, la colline désolée avec les
murailles blanc sale en haut : le village ancien.
C'est avec cette vue dans les yeux qu'un matin
où, comme de coutume, la lumière était mou-
rante, je partis pour mon destin.

Voyage de noces

I

Maintenant que, à force de meurtrissures et de remords, j'ai compris combien il est stupide de refuser la réalité pour les rêveries et de prétendre recevoir quand on n'a rien à offrir ; maintenant Cilia est morte. Je pense parfois que, résigné au labeur et à l'humilité comme je vis maintenant, je saurais avec joie m'adapter à ce temps, s'il revenait. Ou peut-être est-ce encore là une de mes rêveries : j'ai maltraité Cilia quand j'étais jeune et que rien n'aurait dû m'aigrir, je la maltraiterais maintenant à cause de l'amertume et du malaise de ma mauvaise conscience. Par exemple, je n'ai pas encore éclairci au cours de toutes ces années si je l'aimais vraiment. Maintenant, sans aucun doute, je la regrette et je la retrouve au fond de mes pensées les plus profondes ; il ne se passe pas une journée sans que je fouille douloureusement dans mes sou-

venirs de ces deux années; et je me méprise
pour l'avoir laissée mourir, en souffrant plus du
fait de ma solitude que du fait de sa jeunesse;
mais — c'est ce qui compte — je l'ai vraiment
aimée, alors? Certainement pas de cette façon
sereine et consciente dont on doit aimer sa
femme.

À la vérité, je lui devais trop et je ne savais lui
donner en échange que des soupçons aveugles
sur ses motivations. Et c'est une chance que ma
légèreté innée n'ait pas su s'enfoncer non plus
dans cette eau sale puisque je me suis alors
contenté d'une défiance instinctive et que je
n'ai donné ni consistance ni poids à certaines
pensées sordides qui, si je les avais accueillies au
fond de mon âme, me l'auraient totalement
empoisonnée. De toute façon, je me demandais
quelquefois : « Et pourquoi Cilia m'a-t-elle
épousé ? » Je ne sais pas si c'était la conscience
de ma valeur cachée, on d'une profonde inca-
pacité, qui proposait cette question : toujours
est-il que je tournais et retournais la question.

Que ce soit Cilia qui m'a épousé et non pas le
contraire, il n'y avait pas de doute là-dessus. Ces
soirées d'abattement passées en sa compagnie à
arpenter sans répit chaque rue, en lui serrant le
bras, en feignant la désinvolture, en proposant
pour plaisanter de sauter ensemble dans le
fleuve — moi je n'accordais pas beaucoup de
poids à ces idées, parce que j'y étais habitué —
la bouleversèrent et l'attendrirent, à tel point

qu'elle voulut m'offrir une petite somme, prise
sur son salaire de vendeuse, pour m'aider dans
ma recherche d'un meilleur travail. Je ne voulus
pas de l'argent, mais je lui dis que de me trouver avec elle le soir, même si on n'allait nulle
part, cela me suffisait. C'est ainsi que nous nous
mîmes sur la pente. Elle commença à me dire
avec beaucoup de douceur qu'il me manquait
quelqu'un de sérieux avec qui je pourrais vivre.
Et que je traînais trop par les rues et qu'une
épouse amoureuse saurait m'arranger une si
jolie maison que, rien que d'y entrer, je rede-
viendrais gai quels que soient la lassitude ou
l'écœurement que m'aurait causés la journée.
J'essayai de répondre que même tout seul je
n'arrivais pas très bien à joindre les deux bouts ;
mais je sentais moi-même que ce n'était pas là
un bon argument. « À deux, on s'aide, dit Cilia,
et on fait des économies. Il suffit de s'aimer un
peu, Giorgio. » J'étais las et humilié, ces soirs-là,
Cilia était gentille et sérieuse, avec son beau
manteau qu'elle avait fait elle-même et son sac
à main tout craquelé : pourquoi ne pas lui donner cette joie ? Quelle femme me conviendrait
mieux ? Elle savait ce que c'était que le travail,
elle savait ce que c'était que les privations, elle
était orpheline, d'une famille d'ouvriers ; elle ne
manquait pas d'un certain esprit vif et réfléchi
— plus que moi, j'en étais certain.

Je lui dis avec amusement que si elle m'ac-
ceptait, bourru et fainéant comme je l'étais, je

l'épousais. J'étais content, transporté par la chaleur de la bonne action et par le courage que je découvrais en moi. Je dis à Cilia : « Je t'apprendrai le français. » Elle me répondit en riant de ses yeux humbles et en s'accrochant à mon bras.

II

En ce temps-là je me croyais sincère et je mis encore Cilia en garde à propos de ma pauvreté. Je l'avertis que je gagnais à peine de quoi finir mes journées et que je ne savais pas ce que c'était qu'un salaire. Ce collège où j'enseignais le français me payait à l'heure. Un jour, je lui dis que, si elle entendait avoir une position, il fallait qu'elle en cherche un autre. Cilia, vexée, me proposa de continuer à être vendeuse. « Tu sais bien que je ne veux pas », grommelai-je. C'est dans ces dispositions que nous nous mariâmes.

Ma vie ne changea pas sensiblement. Déjà, dans le passé, Cilia était venue certains soirs avec moi dans ma chambre. L'amour ne fut pas une nouveauté. Nous prîmes deux pièces encombrées de meubles ; la chambre à coucher avait une fenêtre claire près de laquelle nous mîmes le bureau avec mes livres.

Cilia, elle, devint différente. J'avais craint, pour mon compte, qu'une fois mariée, apparaisse en elle un laisser-aller vulgaire comme j'imaginais qu'avait dû le faire sa mère, et au contraire je la trouvai plus attentive et plus fine que moi-même. Toujours coiffée, toujours bien mise ; même la pauvre table qu'elle me préparait à la cuisine avait la cordialité et le soin de ces mains et de ce sourire. Son sourire, justement, s'était transfiguré. Ce n'était plus celui, mi-timide mi-malicieux, de la vendeuse qui fait une escapade, mais l'affleurement frémissant d'un contentement intime calme et vif à la fois, sérieux sur la maigre jeunesse du visage. Moi, j'éprouvais une ombre de rancune devant cette manifestation d'une joie que je ne partageais pas toujours. « Elle m'a épousé et elle est heureuse », pensais-je.

Ce n'est que le matin en m'éveillant, que mon cœur était serein. Je tournais la tête près de la sienne, dans la tiédeur et je m'approchais d'elle, étendue, qui dormait ou faisait semblant, et je lui soufflais dans les cheveux. Cilia, riant tout ensommeillée, me prenait dans ses bras. Auparavant au contraire, mes réveils solitaires me glaçaient et me laissaient humilié, regardant fixement la lueur de l'aube.

Cilia m'aimait. Une fois debout, commençait pour elle une autre joie : bouger, mettre en ordre, ouvrir les fenêtres, me regarder du coin de l'œil. Si je me mettais au bureau, elle tournait autour de moi, attentive à ne pas me déranger ; si je me préparais à sortir, elle me suivait du regard jusqu'à la porte. Quand je revenais, elle se levait d'un bond, preste.

Il y avait des jours où je ne rentrais pas de bon cœur à la maison. Cela me choquait de penser que je la trouverais inévitablement en train de m'attendre — bien qu'elle sût éventuellement feindre le désintérêt — que je m'assoirais à côté d'elle, que je lui dirais à peu près les mêmes choses, ou peut-être rien, et que nous nous regarderions, mal à l'aise, et que nous nous souririons, et ainsi le lendemain, et ainsi toujours. Il suffisait d'un peu de brouillard ou d'un soleil gris pour m'amener à ces pensées. Ou au contraire c'était une limpide journée d'air clair ou un incendie de soleil sur les toits ou un parfum dans le vent, qui m'enveloppait et me ravissait, et je m'attardais dans les rues, réticent à l'idée de n'être plus seul et de ne pouvoir flâner jusqu'à la nuit et grignoter au bistrot au bout d'une avenue. Solitaire comme je l'avais toujours été, il me semblait que c'était déjà beaucoup si je ne la trompais pas.

Cilia, en m'attendant à la maison, s'était mise à réparer des vêtements et elle gagnait un peu d'argent. Le travail, c'est une voisine qui le lui donnait, une certaine Amalia d'une trentaine d'années, qui nous invita une fois à déjeuner. Elle vivait seule, au-dessous de nous ; elle prit peu à peu l'habitude de monter avec Cilia en apportant son travail, et elles passaient ensemble l'après-midi. Elle avait le visage dévasté par une brûlure horrible qu'elle s'était faite étant enfant en se renversant sur la tête une casserole brûlante ; et deux yeux tristes et timides, pleins de désirs, qu'elle roulait sous les regards des gens comme pour excuser par leur humilité la distorsion de ses traits. C'était une brave fille ; je dis à Cilia qu'elle semblait sa sœur aînée et je plaisantai, je lui demandai si, au cas où je l'abandonnerais un beau jour, elle irait vivre avec elle. Cilia me permit de la tromper, si je voulais, avec Amalia, sinon gare à la casse. Amalia m'appelait Monsieur et se faisait toute timide en ma présence, ce qui réjouissait follement Cilia et me flattait quelque peu.

III

Ce maigre bagage d'études qui, chez moi, a mal remplacé la pratique d'un métier et qui est à la racine de nombre de mes errements et mauvaises actions, pouvait devenir un bon moyen de communion avec Cilia, si seulement il n'y avait pas eu mon inconstance. Cilia était très vive d'esprit et désirait savoir tout ce que je savais parce que, comme elle m'aimait, elle se reprochait de ne pas être digne de moi et elle ne se résignait à ignorer rien de ce que je pensais. Et peut-être, si j'avais réussi à lui donner cette

pauvre joie, aurais-je dans la tranquille intimité
de notre occupation commune compris alors
combien elle était digne, et notre vie belle et
réelle, et peut-être Cilia vivrait-elle encore à mon
côté avec ce sourire qu'en deux ans j'ai glacé sur
ses lèvres.

Je commençai avec enthousiasme, comme je
sais toujours le faire. La culture de Cilia, c'était
quelques romans feuilletons, les faits divers du
journal et une dure, précoce expérience de la
vie. Que devais-je lui enseigner ? Elle, en tout
cas, aurait voulu apprendre le français dont,
Dieu sait comment, elle avait déjà quelques
connaissances et que, quand elle était seule à la
maison, elle recherchait dans mes dictionnaires ;
mais moi, je visai plus haut et je prétendis lui
apprendre franchement à lire, à comprendre les
plus beaux livres dont j'avais un certain nombre
— mon trésor — sur mon bureau. Je me lançai
à lui expliquer romans et poésies, et Cilia fit de
son mieux pour me suivre. Personne ne sait
mieux que moi reconnaître ce qui est beau et
juste dans un récit, dans une pensée ; ni le dire
avec des paroles enflammées. Je m'efforçais de
lui faire sentir la fraîcheur de certaines pages
anciennes ; la vérité de ces sentiments ressentis
quand ni elle ni moi n'étions même au monde ;
et combien la vie a été belle et différente pour
tant d'hommes et tant d'époques. Cilia m'écou-
tait attentivement et me posait des questions et
souvent me mettait dans l'embarras. Quelque-

fois, alors que nous marchions dans la rue ou que nous dînions en silence, elle se mettait d'une voix candide à me demander de répondre à des questions qu'elle se posait ; et un jour où je lui répondis sans conviction ou avec impatience — je ne me souviens pas — elle éclata de rire.

Je me rappelle que mon premier cadeau de mari fut un livre, *La Fille de la mer.* Je le lui offris un mois après notre mariage, quand nous commençâmes nos lectures, précisément. Jusqu'alors, je ne lui avais acheté ni vaisselle ni vêtements car nous étions trop pauvres. Cilia fut très contente et elle couvrit le livre, mais ne le lut jamais.

Avec nos maigres économies, nous allions parfois au cinéma et là vraiment, Cilia s'amusait. Cela lui plaisait aussi parce qu'elle pouvait se serrer à mon côté et me demander de temps en temps des explications, qu'elle savait comprendre. Au cinéma, elle ne voulut jamais qu'Amalia vienne avec nous, bien que celle-ci lui eût demandé un soir de le lui permettre. Nous nous étions connus dans un cinéma, m'expliquait-elle, et dans cette heureuse obscurité, nous devions être seuls.

La présence de plus en plus fréquente d'Amalia chez nous, et les déceptions que j'avais bien méritées, me firent bientôt négliger, puis cesser, les lectures éducatives. Je me contentais maintenant, quand j'étais en veine de cordialité, de plaisanter avec les deux jeunes femmes. Amalia perdit un peu de sa gêne et, un soir où je rentrai du collège très tard et énervé, elle en vint à me planter dans les yeux son regard timide avec un éclair de reproche soupçonneux. Je fus encore plus dégoûté par l'horrible cicatrice de ce visage ; je cherchai méchamment à en retrouver les traits détruits ; et je dis à Cilia, quand nous fûmes seuls, que peut-être Amalia, étant enfant, lui avait ressemblé.

« La malheureuse, fit Cilia, elle dépense tout l'argent qu'elle gagne, pour se faire guérir. Et puis elle espère trouver un mari.

— Mais elles ne savent donc faire que ça, les femmes, chercher un mari ?

— Moi, je l'ai déjà trouvé, sourit Cilia.

— Et s'il t'était arrivé comme à Amalia ? » ricanai-je.

Cilia vint à côté de moi : « Tu ne voudrais plus de moi ? demanda-t-elle dans un balbutiement.

— Non.

— Mais qu'est-ce que tu as ce soir ? Ça ne te plaît pas qu'Amalia vienne chez nous ? Elle me donne du travail et elle m'aide. »

Ce que j'avais, c'est que ce soir-là je ne pouvais pas me défaire de l'idée que Cilia aussi était une Amalia et que toutes les deux me dégoûtaient et que j'étais en colère contre moi-même. Je fixais Cilia d'un regard dur et sa tendresse offensée m'apitoyait et m'irritait. J'avais vu dans la rue un mari avec deux enfants sales dans les

bras et, derrière lui, une petite femme souffre-
teuse, sa femme. J'imaginai Cilia vieillie, enlai-
die, et je sentis ma gorge se serrer.

Dehors, il y avait les étoiles. Cilia me regardait
en silence.

« Je vais faire un tour », lui dis-je avec un mauvais sourire ; et je sortis.

IV

Je n'avais pas d'amis et je comprenais quelquefois que Cilia était toute ma vie. En traversant les rues, j'y pensais et je me lamentais de ne
pas gagner assez pour lui payer toutes mes dettes
en lui offrant le confort et pour ne plus devoir
avoir honte en rentrant. Je ne gaspillais rien de
ce que nous gagnions — je ne fumais même
pas — et, orgueilleux de cela, je considérais au
moins mes pensées comme m'appartenant. Mais
que faire de ces pensées ? Je me promenais en
allant à la maison, je regardais les gens, je me
demandais comment faisaient tous ceux qui
acquéraient la fortune, et j'aspirais à des chan-
gements et à des aventures étranges.

Je m'arrêtais un instant à la gare, examinant
la fumée et l'agitation. Pour moi, la fortune,
c'était toujours l'aventure lointaine, le départ, le
navire sur la mer, l'entrée dans le port exotique

au milieu du fracas métallique et des cris, la rêverie éternelle. Un soir, je m'arrêtai atterré, comprenant soudain que, si je ne me hâtais pas de faire un voyage avec Cilia jeune et amoureuse, une épouse flétrie et un enfant braillard m'en empêcheraient pour toujours par la suite. « Et si l'argent arrivait vraiment, repensais-je. On peut tout faire avec de l'argent. »

Il faut la mériter, la fortune, me disais-je, accepter toutes les charges que nous donne la vie. Moi, je me suis marié, mais je ne veux pas d'enfant. C'est pourquoi je suis mesquin. Est-ce que vraiment la fortune devrait venir en même temps qu'un enfant ?

Vivre toujours replié sur soi est une chose déprimante parce que le cerveau habitué au secret n'hésite pas à se lancer dans des sottises inavouables qui mortifient celui qui les pense. Mon aptitude aux soupçons ombrageux n'avait pas d'autre origine.

Parfois je tournais et retournais mes rêves, même au lit. J'étais soudain pris certaines nuits sans vent, immobiles, par le coup de sifflet lointain et sauvage d'un train, et il me faisait tressaillir à côté de Cilia, réveillant mes inquiétudes.

Un après-midi, alors que je passais devant la gare sans même m'arrêter, un visage connu surgit devant moi et me jette un salut. Malagigi : dix ans que je ne l'avais pas vu. La main dans la main, nous nous arrêtâmes pour nous faire fête. Il n'était plus hideux et mauvais, démon à taches d'encre et à complots dans les cabinets. Je le reconnus à son ricanement.

« Malagigi, toujours vivant ?

— Vivant et expert comptable. » La voix n'était plus la même. C'était un homme qui me parlait.

« Toi aussi, tu t'en vas ? me fit-il aussitôt. Devine où je vais. » Cependant, il souleva une valise de cuir, assortie à son imperméable clair et à l'élégance de sa cravate et il me prit par le bras. « Accompagne-moi jusqu'au train. Je vais à Gênes.

— Je suis pressé.

— Ensuite je pars pour la Chine.

— Non ?

— Tous les mêmes. On n'a pas le droit d'aller en Chine. Qu'est-ce que vous lui voulez, à la Chine ? Au lieu de me souhaiter bon voyage. Je pourrais ne pas revenir. Toi aussi, tu es une femme ?

— Mais quel métier fais-tu ?

— Je vais en Chine. Entre.

— Non, je ne peux pas. Je suis pressé.

— Alors, viens prendre le café. Tu es le dernier à qui je dis au revoir. »

Nous prîmes le café là, à la gare, au comptoir, et Malagigi qui ne tenait pas en place m'informait par bribes de ses aventures. Lui n'était pas marié. Lui avait eu un enfant mort-né. Lui, il avait quitté l'école après moi, sans aller jusqu'au bout. Il avait pensé à moi une fois en repassant un examen. Son école avait été la lutte pour la vie. Toutes les entreprises se le disputaient. Et il parlait quatre langues. Et on l'envoyait en Chine.

À force de revenir sur le fait que j'étais pressé, ce qui n'était pas vrai, heurté et bousculé, je me libérai de lui. J'arrivai à la maison encore agité par la rencontre, mes pensées bondissant du retour inattendu de l'adolescence pâlie à l'impertinence exaltante de ce destin. Non pas que j'enviasse Malagigi ou qu'il me plût ; mais la soudaine superposition de cette vive et absurde réalité, que j'avais mal entrevue, sur un souvenir gris, qui avait été aussi le mien, me tourmentait.

La chambre était vide, parce que maintenant Cilia descendait souvent travailler chez la voisine. Je restai un peu à méditer dans l'obscurité à peine voilée par la lueur bleutée du réchaud à gaz sur lequel bouillait calmement la casserole.

V

Je passai de nombreuses soirées ainsi, seul dans la chambre, en attente, tournant en rond ou jeté sur le lit, plongé dans ce silence infini du vide que la brume du crépuscule étouffait et emplissait. Les rumeurs venues d'en bas ou de loin — cris d'enfants, vacarme, cris d'oiseaux et quelques voix — m'atteignaient à peine. Cilia s'aperçut bientôt que je ne m'occupais pas d'elle en rentrant et elle prêtait l'oreille, tout en cousant, depuis le petit logement d'Amalia, pour m'entendre passer et m'appeler. J'entrais avec indifférence — si elle m'entendait — et je disais quelque chose ; je demandai une fois sérieusement à Amalia pourquoi elle ne montait plus chez nous, où il y avait beaucoup de lumière, et pourquoi elle nous obligeait à déménager tous les soirs. Amalia ne dit rien et Cilia, détournant le regard, rougit.

Une nuit, pour lui raconter quelque chose, je lui parlai un peu de Malagigi et je la fis rire, heureuse, de ce drôle de type. Je me plaignis cependant de ce qu'il fît fortune et allât en Chine. « Cela me plairait à moi aussi, soupira Cilia, si nous pouvions aller en Chine. » Je fis une grimace : « En photo peut-être, si nous en envoyons une à Malagigi.

— Et pas pour nous ? dit-elle. Giorgio, nous n'avons pas encore une photo ensemble.

— De l'argent gâché.

— Faisons-nous photographier.

— Mais nous n'allons pas nous quitter. Nous sommes déjà ensemble jour et nuit. Moi, je n'aime pas les photos.

— Nous sommes mariés et nous n'avons pas un souvenir. Faisons-en une. »

Je ne répondis pas.

« Nous ne dépenserons pas beaucoup. C'est moi qui la garderai.

— Fais-toi photographier avec Amalia. »

Le lendemain, Cilia, tournée vers le mur, les cheveux dans les yeux, ne voulait à aucun prix me regarder. Après quelques caresses je m'aperçus qu'elle résistait et je sautai du lit, agacé. Cilia aussi se leva et, après s'être débarbouillée, elle me servit le café avec un calme circonspect, en baissant les yeux. Je m'en allai sans parler.

Je revins au bout d'une heure. « Combien y a-t-il sur le livret de caisse d'épargne ? » lançai-je. Cilia me regarda avec surprise. Elle était assise devant le bureau, l'air désorienté. « Je ne sais pas. C'est toi qui l'as. Trois cents lires, je crois.

— Trois cent quinze soixante. Les voilà. » Et je fis cogner le rouleau sur la table. « Dépense-les comme tu veux. Faisons la fête. C'est à toi. »

Cilia se leva et vint à moi.

« Pourquoi fais-tu cela, Giorgio ?

— Parce que je suis un idiot. Écoute, je n'ai pas envie de parler. L'argent, quand il y en a peu, ne compte pas. Tu veux encore une photo ?

— Mais Giorgio, je veux que tu sois content.

— Je suis content.

— Je t'aime, moi.

— Moi aussi. » Je lui pris un bras, je m'assis et je l'attirai sur mes genoux. « Appuie ta tête, allons. » Et je pris ma voix d'enfant gâté, celle des moments intimes. Cilia ne dit rien, elle appuyait sa joue contre la mienne.

« Quand est-ce qu'on y va ?

— Cela n'a pas d'importance, chuchota-t-elle.

— Alors, écoute. » Je lui pris la nuque et je souris. Cilia, encore palpitante, se pressait contre mon épaule et voulut m'embrasser.

« Chérie. Réfléchissons. Nous avons trois cents lires. Envoyons tout promener et faisons un petit voyage. Mais tout de suite. Maintenant. Si nous y réfléchissons, nous aurons des remords. Ne le dis à personne, même pas à Amalia. On ne reste qu'un jour. Ce sera le voyage de noces que nous n'avons pas fait.

— Giorgio, pourquoi n'as-tu pas voulu le faire à l'époque ? Tu disais que c'était une bêtise, à l'époque.

— Oui, mais ça, ce n'est pas un voyage de noces. Tu vois, maintenant nous nous connaissons. Nous sommes comme des amis. Personne ne sait rien. Et puis nous en avons besoin. Pas toi ?

— Bien sûr, Giorgio, je suis contente. Où allons-nous ?

— Je ne sais pas, mais c'est vite fait. Tu veux que nous allions à la mer ? à Gênes ? »

VI

Alors que nous étions encore dans le train je fis preuve d'une certaine inquiétude, et Cilia qui au départ cherchait à me faire parler et me prenait la main et ne se tenait plus de joie, en me

voyant si ombrageux comprit bien vite et se mit
à fixer la vitre avec une grimace. Je regardais en
silence dans le vide et j'écoutais dans mon corps
les secousses cadencées des roues et des rails. Il
y avait des gens dans le wagon auxquels je prê-
tais à peine attention ; à côté de moi s'enfuyaient
prés et collines ; en face Cilia aussi, penchée
contre la vitre, semblait écouter quelque chose
mais parfois, d'un regard en coin, elle tentait de
sourire. Elle me guetta ainsi longuement.

Une fois arrivés, à la nuit tombée, nous trou-
vâmes refuge dans un hôtel grand, silencieux,
caché parmi les arbres d'un boulevard désert.
Mais auparavant nous montâmes et nous descendîmes en une éternité de recherches tor-
tueuses. Il faisait un temps gris et frais, qui donnait envie de se promener le nez en l'air. Mais
au lieu de cela, pendue à mon bras, il y avait
Cilia, morte de fatigue et je fus bien soulagé de
trouver un endroit où nous asseoir. Nous avions
parcouru tant de rues éblouissantes, tant de
ruelles obscures, le cœur serré, sans jamais arriver à la mer, et les gens ne faisaient pas attention à nous. Nous avions l'air d'un couple en
promenade, s'il n'y avait pas eu cette tendance
à sortir des trottoirs et les regards angoissés de
Cilia vers les passants et les maisons.

Cet hôtel était ce qu'il nous fallait ; aucune
élégance, un jeune homme osseux mangeait les
manches retroussées, à une table blanche. Nous
fûmes accueillis par une femme grande et fière,

avec un collier de corail sur la poitrine. Je fus heureux de m'asseoir parce que, de toute façon, marcher avec Cilia ne me permettait pas de me plonger dans ce que je voyais et en moi-même. Inquiet et gauche, il fallait pourtant bien que je la garde à mon côté et que je lui réponde au moins par gestes. Or je voulais — je voulais — contempler, connaître en moi seul, la ville inconnue ; j'y étais venu exprès.

J'attendis en bas, frémissant, pour commander le dîner, sans même monter voir la chambre et discuter moi aussi. Ce jeune homme m'attirait, moustaches roussâtres, regard embrumé et solitaire. Sur son avant-bras, il devait avoir un tatouage décoloré. Il s'en alla en ramassant une veste bleue rapiécée.

Quand nous dînâmes, il était minuit. Cilia, à la petite table, rit beaucoup de l'air dédaigneux de la patronne. « Elle croit que nous sommes des jeunes mariés », balbutia-t-elle. Puis, les yeux las et attendris : « Nous le sommes, hein ? » me demanda-t-elle, en me caressant la main.

Nous nous renseignâmes sur le quartier. Nous avions le port à cent pas au bout de l'avenue. « Tu te rends compte », fit Cilia. Elle avait sommeil mais elle voulut faire cette promenade avec moi.

Retenant notre souffle, nous arrivâmes à la rambarde d'une terrasse. C'était une nuit calme mais sombre, et les réverbères rendaient encore plus profond cet abîme noir et frais qui se trouvait devant nous. Je ne dis rien et j'aspirai en tressaillant la senteur sauvage.

Cilia regardait tout autour et elle m'indiqua une rangée de lumières, tremblotantes dans le vide. Un bateau, la jetée ? De l'obscurité venaient des souffles fugitifs, des murmures, des chocs légers. « Demain, dit-elle en s'extasiant, demain, nous la verrons. »

En rentrant à l'hôtel, Cilia, tenace, se serrait contre moi. « Que je suis fatiguée. Giorgio, que c'est beau. Demain. Je suis contente. Tu es content ? » et elle frottait sa joue contre mon épaule.

Je n'entendais presque pas. Je marchais les mâchoires serrées, je respirais, le vent me caressait. J'étais agité, loin de Cilia, seul au monde. Au milieu de l'escalier je lui dis : « Je n'ai pas encore envie de dormir. Monte, toi. Je fais deux pas dans l'avenue et je reviens. »

VII

Et cette fois encore ce fût la même chose. Tout le mal que j'ai fait à Cilia et dont le remords désolé me prend encore maintenant, au lit, vers l'aube, quand je ne peux rien y faire ni fuir ; tout ce mal, je ne savais plus l'éviter.

J'ai toujours tout fait comme un imbécile,

comme un rêveur, et je ne me suis rendu compte de moi-même qu'à la fin, quand le remords même était inutile. Maintenant j'entrevois la vérité : je me suis tellement complu dans la solitude que s'est atrophié en moi tout sens de la relation humaine et que je suis devenu incapable de tolérer et de communiquer une quelconque tendresse. Cilia pour moi n'était pas un obstacle ; simplement elle n'existait pas. Si j'avais seulement compris cela et soupçonné combien de mal je me faisais à moi-même en me mutilant ainsi, j'aurais pu lui donner en compensation une immense gratitude, en retenant sa présence comme mon seul salut.

Mais le spectacle de l'angoisse d'autrui a-t-il jamais suffi pour ouvrir les yeux d'un homme ? Ou ne faut-il pas au contraire des sueurs d'agonie et la peine vivace qui se lève avec nous, nous accompagne dans la rue, se couche à côté de nous et nous éveille la nuit toujours impitoyable, toujours fraîche et honteuse.

Sous une aube brumeuse et humide, alors que l'avenue était encore déserte, je rentrai tout courbaturé à l'hôtel. J'aperçus Cilia et la patronne dans l'escalier qui, à demi vêtues, se disputaient, et Cilia pleurait. À mon entrée, la patronne en robe de chambre poussa un cri. Cilia resta immobile, appuyée à la rampe ; elle avait le visage effrayant, défait, et les cheveux et les vêtements en désordre.

« Le voilà.

— Qu'est-ce qu'il y a, à cette heure-ci » fis-je, sévère.

La patronne, serrant sa robe de chambre sur sa poitrine, se mit à vociférer. On l'avait éveillée au milieu de la nuit, il manquait un mari : larmes, mouchoirs déchirés, téléphone, police. Mais en voilà des façons ! D'où est-ce que je venais ?

Moi, je ne tenais plus debout et je la regardai, absent et dégoûté. Cilia n'avait pas bougé : seulement, la bouche ouverte, elle respirait profondément et son visage tendu s'enflammait.

« Cilia, tu n'as pas dormi ? »

Elle ne répondit pas encore. Elle pleurait immobile, sans ciller, et gardait les mains jointes sur le ventre, tourmentant son mouchoir.

« Je suis allé faire un tour, fis-je d'un air sombre. Je me suis arrêté au port. » La patronne fut sur le point de répliquer, en haussant les épaules. « Enfin, je suis vivant. Et je tombe de sommeil. Laissez-moi me jeter sur le lit. »

Je dormis jusqu'à deux heures, profondément, comme un ivrogne. Je m'éveillai d'un coup. La chambre était dans la pénombre ; de grands bruits venaient de la rue. Instinctivement je ne bougeai pas ; il y avait Cilia assise dans un coin, qui me regardait, et regardait le mur, contemplait ses mains, tressaillant par moments.

Au bout de quelque temps je chuchotai prudemment : « Cilia, tu montes la garde auprès de moi ? » Cilia leva vivement les yeux. Ce regard

bouleversé de tout à l'heure s'était pour ainsi
dire figé sur son visage. Elle remua les lèvres
pour parler ; et elle ne dit rien.

« Cilia, ça ne va pas de monter la garde auprès
de son mari, repris-je de ma petite voix espiègle
d'enfant. Tu as mangé, plutôt ? »

La malheureuse secoua la tête. Je sautai alors
du lit et je regardai ma montre : « À trois heures
et demie, le train part. Cilia, dépêchons-nous,
montrons-nous joyeux devant la patronne. »
Puis, comme elle ne bougeait pas, je vins à côté
d'elle et je la soulevai par les joues.

« Écoute, lui dis-je, tandis que ses yeux s'em-
plissaient de larmes, c'est pour cette nuit ? J'aurais pu te mentir, te raconter que je me suis
perdu, arranger les choses. Si je ne l'ai pas fait,
c'est que je n'aime pas les manières. Rassure-toi,
j'ai toujours été seul. Moi non plus » — et je la
sentis tressaillir — « moi non plus je ne me suis
pas tellement amusé à Gênes. Et pourtant je ne
pleure pas. »

L'idole

Tout recommença par un après-midi du mois d'août. Maintenant, par n'importe quel ciel, il me suffit de lever la tête et de regarder entre les maisons, pour retrouver cette journée immobile.

J'étais assis dans ce salon que je n'ai pas revu, où filtrait, me semble-t-il, une pénombre jaune. Je venais à cette heure morte pour être seul. Je me souviens maintenant que, quand elle entra et que je ne la reconnus pas, je pensai seulement que c'était un corps trop maigre. Aussitôt après, je dois m'être levé d'un bond parce qu'elle vint à moi sans hésiter et me tendit la main en disant : « Tu m'as fait peur. Heureusement que je suis habillée. » Elle serrait l'autre main contre le revers de son col.

Elle avait une robe blanche. Quelques instants après, quand elle baissa la tête, pleurant sur mes doigts, je vis sa nuque découverte, noircie par le soleil. Par contraste, elle me parut presque blonde.

Je me rappelle que je réussis à dire : « Relève la tête. Mina ; de toute façon, je dois avoir honte autant que toi, d'être ici. »

Mina me regarda. « Je ne pleure pas de honte, balbutia-t-elle les lèvres tendues, je suis émue. »

Doucement, elle me fit alors un sourire que je laissai mourir sans réponse. Les rides au coin de sa bouche étaient profondément gravées : son expression ancienne était creusée, plus dure qu'autrefois sur son visage.

« Pourquoi me regardes-tu ainsi ? cria-t-elle, toute contractée. Tu crois me faire honte ? »

C'est alors que la patronne passa la tête entre les rideaux, me dévisagea et se retira aussitôt. J'abaissai mes regards sur les fines chaussures de Mina et dès que nous fûmes seuls à nouveau, je poussai un gémissement, surpris moi-même du son de ma voix : « Est-ce possible, Mina, est-ce possible ? »

Mina me fixait maintenant, ironique, les yeux rouges ; je la regardais avec anxiété. « Tu n'aimes pas les femmes bronzées ? » me dit-elle et elle se retourna : « Il faut en appeler une autre... »

Je la saisis par l'épaule : « ... Laissez-moi, cria-t-elle en se débattant, laissez-moi, je ne suis pas celle que vous croyez. »

Elle s'éclipsa ainsi entre les rideaux, me laissant debout au milieu du salon. La patronne rentra et à nouveau elle me toisa du regard, sévèrement cette fois. Je ramassai mon chapeau et je me dirigeai vers la porte. «Je reviendrai une autre fois», bredouillai-je en sortant.

C'est de cet après-midi et de quelques autres qui le suivirent que date le souvenir d'un ciel tranquille et profond qui m'accompagna de nombreuses fois où je marchai longuement et nerveusement. Quand j'y pense, je ne comprends pas comment la pensée triste et incessante qui me poussait a pu se parer d'une atmosphère aussi sereine.

C'était samedi, et vers le crépuscule je me surpris à errer par ces rues désertes, sachant bien qu'un sourire lâche me tordait la bouche. Je franchis le portail d'un pas résolu et, sans lever les yeux, je m'enfonçai dans la salle commune. De mon coin, je vis bientôt que Mina n'était pas là et ce fut presque un soulagement. La patronne me regarda à peine. En revanche, les deux filles assises sur le divan, croisant leurs jambes nues, me regardèrent et l'une d'elles attira mon regard. Tous les hommes assis autour de la pièce fixaient le dallage d'un air absorbé. Une grosse fille à demi nue, debout au fond de la salle, bavardait avec un sergent.

Mina ne se montrait pas. «Elle est en haut au travail», pensai-je. Et voilà que je me mordais les lèvres en parlant tout seul et qu'une angoisse intolérable me serrait les côtes. J'allai droit vers la patronne et je lui demandai où était Mina.

«Qui est-ce, Mina?»

Je lui rappelai mon passage de l'après-midi.

Sur les lèvres dures de la femme apparut un sourire dubitatif.

« Vous voulez dire Manuela. Elle n'est pas descendue. Adelaide, va voir Manuela. »

Une des filles me précéda dans l'escalier en chantonnant et en se retournant avec un sourire. Elle avait de longues jambes qui montaient les marches trois par trois, mais elle allait lentement pour m'attendre. Au-dessus, des portes claquèrent. Je pensai qu'elle aussi était une chic fille. J'avais l'impression d'aller avec elle.

« Vous les hommes, vous voulez toujours celle qui n'est pas là », dit Adelaide dans le couloir.

Nous entrâmes dans un endroit obscur qui sentait la salle de bains.

« Allume, Manuela. » Je la vis étendue sur le lit, le bras levé vers l'interrupteur, les cheveux dans les yeux, habillée comme l'après-midi mais nu-pieds. « Attendez », dit-elle avec une vilaine grimace, en s'asseyant. Elle enfila ses pieds dans ses chaussures, elle courut dans la pièce, regarda autour d'elle, retourna vers le lit. « Tu es méchante, Adelaide, dit-elle en tournant le dos pour remonter sur le lit. Va-t'en, va-t'en. »

Quand nous fûmes seuls, je la regardai, hébété. Sous ses jambes étendues, il y avait cette ignoble toile. À côté, au-dessus de sa tête, pendaient de légères combinaisons. Par terre, une descente de lit effilochée.

« C'est impossible, Mina, c'est impossible.

— Je t'attendais, Guido, je savais que tu viendrais.

— Tu es restée en haut pour m'attendre ? »

Mina secoua la tête en souriant. « Non, j'allais vraiment mal ; je vais mal ces jours-ci, mais je savais que tu viendrais.

— Mina, tu dois tout me dire. Pourquoi es-tu ici ? pourquoi ? Je ne peux pas le croire. »

Ses yeux se firent plus durs. « Il n'y a rien à dire, tu ne crois pas ? Je suis ici, il me semble que ça suffit. Qu'est-ce que tu veux savoir ? J'étais seule et j'ai cherché du travail. Si tu veux me parler, laisse ça.

— Mais ton père, Mina, ton père, qui me disait toujours que j'étais un fainéant, tu te rappelles ? » — je ne pus pas sourire — « il le sait, ton père ? Je te croyais là-bas...

— Papa est mort, dit Mina sans baisser les yeux.

— Oh, murmurai-je. Mais pourquoi ne m'as-tu pas écrit, pourquoi ne m'as-tu pas cherché ? Bien des fois, j'ai pensé à toi, je te croyais mariée, et pourtant le matin — tu te rappelles — parfois je me disais : Mina m'attend peut-être.

— Mina m'attend, Mina est mariée, mais pour ce qui est d'écrire, tu n'en as jamais été capable. Et maintenant tu te lamentes ? » Mes yeux se fermèrent. La voix redevint basse : « C'est vrai, tu as pensé à moi, quelquefois ?

— Oh, Mina. »

Une sonnerie bourdonna quelque part dans le couloir.

« La patronne le sait que tu es ici ? me demanda-t-elle brusquement en sursautant.

— C'est elle qui m'a parlé de Manuela...

— Guido, tu ne peux pas rester, la patronne te considère comme un client : c'est son intérêt, ces choses-là, on se verra demain...

— Et pourquoi est-ce que je ne peux pas rester ? Je suis un client. Je paierai comme si Manuela était quelqu'un d'autre. Combien coûte une demi-heure ? »

Mina baissa le front sur son oreiller. En me mordant les lèvres, je tirai les cinquante lires que j'avais et je les posai sur la commode. Les yeux fuyants de Mina me fixèrent, sérieux et pensifs. Puis elle allongea le bras vers la poire et sonna trois fois.

« Tu travailles, tu gagnes ta vie ? » me demanda-t-elle.

Je m'assis sur le lit. Il faisait une chaleur lourde et je sortirais couvert de sueur : sur le moment, je ne m'en aperçus pas.

« Je vais mal, tu sais, me dit Mina. J'ai mal aux reins si je dors sur le côté. Je ne mène pas une vie très saine. Mais cette année, j'ai été à la mer et ça va déjà mieux. Je devrais vivre toujours en plein air. »

Les persiennes mystérieuses étaient fermées et aveuglées. Aucun bruit ne venait de l'extérieur.

Elle dit promptement : « Qu'est-ce que tu as, Guido ? » et me prit la main. Sans lever la tête de son oreiller, elle me fixait avec de grands yeux. Je lui serrai les doigts pour exprimer cette angoisse.

« Tu n'as pas à t'inquiéter pour moi, dit-elle calmement. Ce sont des choses lointaines, aussi loin que Voghera. Et si ça se trouve, tu es marié. »

Je secouai la tête. « Je ne serais pas venu ici.

— Mon pauvre, bondit *Mina*, se levant sur son coude. Tu cherchais une femme.

— J'en cherche toujours », dis-je.

Mina ne m'écouta pas. « Quels idiots nous étions, fit-elle. Mais je ne regrette rien de cet été-là. Et toi ?

— Moi, je regrette l'hiver où nous nous sommes quittés. »

Mina se mit à rire, de ce rire léger que j'avais oublié.

« Oh Mina...

— Doucement, je suis malade.

— Au moins un baiser, Mina.

— Tu embrasserais Manuela.

— Mina.

— Demain nous nous verrons. Demain matin. Je pourrai peut-être sortir. Ça ne te déplaît pas, à toi aussi, que nous nous rencontrions ici ? »

Maintenant que tout est arrivé, je regrette de ne pas avoir été brutal ce jour-là et de l'avoir laissée commencer son petit jeu. Mais aujourd'hui

encore je me demande : peut-être le voulait-
elle ?

Pour cacher le tremblement de mes lèvres,
j'allumai une cigarette. « Je fume, tu sais », me
dit Mina.

Nous fumâmes ensemble, en parlant encore.
Je tournais la tête et je la voyais derrière moi,
couchée sur le dos, en train de me regarder.
J'évitais des yeux le coin du lavabo encombré de
serviettes et de pots. Peu à peu je me taisais. Il y
avait par terre une grande bouteille violette.

« Donne-moi ce baiser, Guido », me dit brusquement Mina. Je me retournai et je lui pris les
joues : en faisant un effort, je l'embrassai. Mina
susurra, tout contre mes lèvres : « C'est toujours
l'été, Guido », et elle s'écarta.

Nous restâmes en silence. Je lui pris la main
et je la serrai. Mina descendit du lit. « Je suis trop
heureuse, me dit-elle d'une voix oppressée. Je
suis trop heureuse : va-t'en, tu pourrais changer.
Oui, demain, je t'attends... Prends ça, là-dessus :
toi, tu en as peut-être besoin, c'est moi seule qui
dois être en congé : c'est mon jour aujour-
d'hui... »

Je regardais le billet avec réticence.

« ... Et alors, donne-le toi-même à la patronne.
Elle doit te rendre vingt lires, fais attention. Mais
ne le laisse pas ici ; Guido, oui, adieu. »

Le lendemain, je lui dis que je voulais l'épouser. Mina s'arrêta, aspirant d'un souffle l'air frais
et immobile de la rue et, dans le tumulte qui

nous enveloppa sur le trottoir, elle poussa un gémissement en fermant les yeux. « Ça ne fait rien, murmura-t-elle, si tu l'as dit comme ça, ça ne fait rien, tu es bon. »

Je passai l'après-midi de ce dimanche, aux heures brûlantes, à errer par les rues. Nulle part, je n'arrivais à m'asseoir et à attendre le soir, le ciel qui s'adoucit, le retour de cette heure du jour précédent. Jusqu'à mardi, nous ne devions pas nous voir. Je parlais par saccades, fébrilement, tout seul. Vers le soir, je retournai à ma chambre ; jeté sur mon lit, fumant une cigarette, je regardais descendre l'atmosphère dorée sur les vitres sales de la maison d'en face.

Dans le crépuscule, je m'aperçus que, en écoutant ce silence soudain, je restais un instant sans penser à rien. Alors, je m'effrayais d'avoir demandé à Mina de m'épouser, d'être sorti avec elle. J'étais à demi nu dans le lit et je parcourus mon corps d'un regard apitoyé, de ma poitrine à mes jambes qui étaient alors bronzées, d'un brun léger. Comment était-elle faite, Mina ? L'idée que j'étais le seul à ne pas le savoir me fit ricaner.

Je me levai soudain, décidé, et je m'habillai. Arrivé devant le portail, j'hésitais, mais avec un rictus forcé, je sonnai tout de suite.

Mina cette fois me regarda d'un air atterré. Elle était sur le seuil de la salle commune, habillée de blanc, et parlait à la patronne. Elle s'élança vers moi et me saisit une main, me fai-

sant asseoir sur le sofa de l'antichambre. Elle y
tomba elle aussi, sans me regarder, à côté de
moi. La patronne, dans l'entrée, me fit un léger
signe de tête.

Nous restâmes assis, sans ouvrir la bouche.
Nous fixions le carrelage en mosaïque, Mina me
serrait toujours le poignet, convulsivement, et
c'est moi qui levai les yeux le premier quand passèrent deux jeunes gens qui allaient vers la salle.

« Tu veux que je m'en aille, Mina ? dis-je à
grand-peine, tout doucement.

— Pourquoi es-tu venu ?

— Je ne sais pas.

— Tu n'es pas content pour ce matin ?

— Je veux t'épouser. »
Mina sourit : « Je ne suis pas libre.

— Comment ?

— J'ai mon travail. »
Je m'agitai en grognant.

« Chut ! Guido, va-t'en. » Dans la salle, on parlait fort et, au milieu, la voix aiguë d'une femme.

« Va-t'en : nous nous verrons mardi matin. La
patronne nous guette.

— Je n'ai rien à cacher.

— Guido, je t'en supplie. Écoute plutôt,
reprit-elle en hésitant, reviens de façon que je
ne te voie pas et demande Adelaide. »

Je fis une grimace et je haussai les épaules.
Mina soupira en me regardant du coin de l'œil.

« Mina, tu as une maladie peut-être ? demandai-je sans la regarder.

— Oh non, Guido. Comment peux-tu ne pas comprendre ? »

Un homme sortit de l'escalier avec une toute jeune fille et ils disparurent dans le couloir. La patronne se montra.

« Je ne comprends pas, dis-je. Pardonne-moi, Mina.

— Mardi, nous nous verrons. Aie confiance, Guido. Maintenant, va-t'en. »

Nous nous regardâmes et je me sauvai sans me retourner.

Après cent mètres environ, le rictus de tout à l'heure revint sur mes lèvres. Je marchais en grommelant et la tension bientôt me fit mal aux joues. La fraîcheur de l'obscurité tombante et la foule dominicale n'arrivaient pas à me distraire. Je me répétais les mots que j'aurais dû dire à Mina, je m'agitais et une grande amertume m'emplissait la bouche.

Le lendemain, à l'aube, dans le train qui m'emportait en province, je trouvai un peu de paix. J'étais somnolent, le train roulait et je jouissais, assommé, de cette fraîche tiédeur. Sous ma main relâchée, je sentais, les yeux fermés, l'enveloppe de mes échantillons et ce voyage était beau, si semblable à toute ma vie et pourtant nouveau, pénétré d'une douceur indicible et douloureuse. Au fond, c'était ce dont j'avais toujours rêvé. Du coin de l'œil, je voyais passer les champs que le soleil rasant éveillait. J'entrevis un instant que j'entrais, les yeux fermés, sous un nouvel horizon où n'importe quoi, d'atroce ou de mesquin, pourrait m'arriver.

Je pensais à Mina dans la torpeur de son réveil, j'y pensais en ayant encore dans mon corps la chaleur de mon lit et je ne pouvais pas la haïr. Je lui étais reconnaissant de ce doux désir qui envahissait mes veines. Certainement elle était seule dans sa chambre. À cette heure-là, elle était seule et je pouvais penser à elle. Je souriais de son conseil hésitant d'essayer Adelaide. À savoir. Adelaide et Manuela. Peut-être étaient-elles amies.

Vint le mardi matin et nous nous rencontrâmes à la gare, à mon retour. Je revenais exprès pour la voir, car j'aurais dû continuer en automobile mon voyage dans ces collines à la recherche de certains clients. Mina me dit qu'elle sortait maintenant trop souvent et que cela lui nuisait, pour sa santé et vis-à-vis de sa patronne.

« Tu n'as pas besoin d'air frais ? » murmurai-je.

Mina me fit attendre devant un magasin de chaussures et sortit tout de suite avec un petit paquet. Droite et serrée dans sa robe marron boutonnée sur le côté, avec un petit chapeau vert, elle me chercha du regard depuis le seuil de la vitrine brillante. Nous traversâmes la rue en nous frôlant du coude.

« Où as-tu pris ton nom ? lui demandai-je.

— Il ne te plaît pas ? demanda-t-elle vivement.

— Si, il est beau, où l'as-tu pris ? »

Mina me regarda entre les boucles de ses cheveux. « Je ne l'ai pas cherché : il était écrit sur la porte de ma chambre. »

Ce matin-là, nous achetâmes des cigarettes, puis je m'arrêtai devant un magasin de bas. « Si tu me promets de les porter seulement les jours comme celui-ci, je t'offre les plus beaux bas.

— Viens, Guido, pas ici : je n'en achète jamais ici. »

Il était onze heures et elle me dit qu'elle devait rentrer.

« Mina, on s'assied un moment dans un café ? »

An café, je cherchai le coin le plus secret et je ne regardai pas le garçon en face tandis que je commandais.

Mina, silencieuse et sérieuse, me fixa cependant que je ne la quittais pas des yeux.

« Tu as honte de sortir avec moi, dit-elle doucement.

— Mina, dis-je avec étonnement, je cherche à être seul avec toi.

— Tu ne me pardonnes pas de vivre ainsi.

— Je te pardonne tout le passé. Mina, chaque jour et chaque nuit, je veux te comprendre, tu n'es plus la fille sotte d'autrefois, et alors que je devrais pleurer de ce qui est arrivé, je ne pleure pas. Je sais que je t'aime et que je suis à toi comme avant. Mais épouse-moi, Mina, cesse cette vie : qu'est-ce que ça te coûte, tu devras bien arrêter un jour ?

— Tu vois que tu te plains ? Ce n'est pas pardonner, ça.

— Mais je devrais peut-être te remercier de continuer à faire ce que tu fais ? Tu ne comprends pas quelle torture quand je suis seul et que je pense à toi avec tous ces hommes ? Pourquoi avec eux, et pas avec moi ?

— Mais avec eux, c'est différent, Guido, c'est différent et... il n'y en a pas tellement.

— Je comprendrais si tu en aimais un.

— Vraiment ? Je te connais, Guido, je sais que tu hurlerais encore plus.

— Mina, ça ne te dégoûte pas, cette vie ?

— Tu vois, Guido, que tu as honte de moi ? »

J'éprouvai à cet instant pour la première fois cette sensation d'un effort énorme et futile comme quelqu'un qui s'élance de tout son corps contre un rocher. Mina m'observait, la tête basse, de ses deux yeux clairs, avec de petites rides entre ses sourcils froncés. Je poussai un soupir, en baissant les yeux.

« Tu vois à quoi tu penses ? reprit Mina, attendrie. Avec toi, non. Mais c'est pour toi que je fais ça. Je sais qu'après ce serait pire.

— Ah, fis-je en un gémissement, avec un sourire tremblant. Je te ferai travailler si tu tiens au métier. Grâce à Dieu, je peux m'y mettre comme tout le monde. »

Presque bouleversée. Mina me souffla au visage : « Attention à toi, Guido, si tu fais ça : après tu ne me reverrais plus. »

Ce fut cet après-midi-là que, après deux
heures d'allées et venues sous le soleil par les
rues torrides et tranquilles, je m'éloignai du portail de Mina et que je me dirigeai vers une autre
maison que je connaissais, au fond d'une ruelle.
Mais, tout en m'apaisant, la complaisance bête
et ennuyée de la fille me renvoya chez moi
hébété, avec une envie féroce de pleurer. En
outre, il m'était aussi revenu à l'esprit — dans
tous ses détails — ce qu'était le travail de Mina ;
vers le soir, j'étais à nouveau brisé d'angoisse,
devant son portail. À cette heure-là, j'aurais dû
être en voyage. Je me rappelle que je pensai : « Si
je suis revenu ce soir, ça veut dire que je l'aime
pour de bon. »

Mais cette fois-là non plus, je n'osai pas son-
ner. Je m'assis dans un bistrot louche, presque
en face du portail, d'où je voyais entre des
arbustes en pots et une grille, le couloir faible-
ment éclairé et les persiennes de la maison, her-
métiquement closes dans l'ombre. « Je vais passer mes soirées ici », me dis-je. Mais au bout d'un
quart d'heure, j'étais une vraie loque. Tantôt un
homme quelconque, tantôt un jeune, tantôt un
petit groupe de soldats et de bruyants habitués
des bordels, disparaissaient par ce portail ou —
pis encore — s'arrêtaient à l'entrée pour cha-
huter. Il en arriva même un à moto, emplissant
la nuit de vacarme ; il descendit et s'élança dans
la maison, vêtu de cuir.

Et puis, ceux qui ressortaient. Chacun d'eux

pouvait avoir été avec elle. Je vis un homme gros
et chauve qui regarda furtivement autour de lui
et qui disparut en s'éloignant. Si je ne m'étais
pas enfui, j'aurais crié.

Sans hésiter cette fois, je m'engouffrai sons le
portail et je sonnai aussitôt. Dans la salle bondée
et enfumée, Mina n'était pas là. Je restai debout,
respirant à peine et fixant la porte. Adelaide
apparut devant moi, à moitié nue et, en me lan-
çant un clin d'œil, elle me fit le salut militaire.

Je lui demandai si elle prenait le frais. À cet
instant, je vis Mina vêtue d'un corsage bleu ciel
et d'une culotte de soie blanche — les jambes et
la taille bronzées — qui tendait quelque chose
à la patronne. Elle me vit derrière Adelaide et
se rembrunit. Elle ne parut pas surprise ; seulement décidée. Elle vint à moi et, écartant Adelaide sans la regarder, elle allait me parler quand
un homme chétif et blondasse, au front chauve
au-dessus de ses lunettes, qui était resté immobile jusque-là, se faufila à côté d'elle, en lui faisant signe de la main. Mina baissa les yeux, se
retourna et le suivit sans s'occuper davantage
de moi. Adelaide éclata de rire. J'avais le souffle
coupé.

Les larmes d'immobile angoisse qui me mon-
tèrent aux yeux purent paraître de la sueur. J'entendis Adelaide qui parlait. Puis les sonneries
bourdonnèrent au-dessus du comptoir de la
patronne. Alors je m'en allai, le front haut, sans
voir personne.

Bêtement, je fis cette nuit-là un autre projet impossible : me saouler tous les soirs. Je me disais : « Elle est bronzée à l'extérieur, je vais me bronzer à l'intérieur. » Je me sentis mal aussitôt et, dans mon vertige, je n'oubliais pas le corsage de Mina. Habitué comme j'étais à vivre seul, je n'écartais pas facilement une idée et, dans les vapeurs du vin, ce blond sardonique à lunettes me ricana au visage durant toute la nuit.

Je revis Mina le dimanche suivant, pendant sa matinée. J'avais attendu au bistrot qu'elle sorte et je lui coupai résolument la route. Mina me regarda, étonnée, s'arrêta et me tendit la main puis, comme je la bloquais sur le trottoir, elle me dit : « Marchons, je n'aime pas m'arrêter ici. »

Elle se lamenta de ce que je l'avais délaissée et de ce que j'avais voulu la tromper. Elle avait beaucoup pensé à moi, surtout le matin en se réveillant, quand elle était le plus seule. Pourquoi n'étais-je pas bon avec elle ? Je l'avais été à Voghera à vingt ans.

Je ne disais rien et je pensais fébrilement que maintenant c'était une femme.

« Te tromper avec qui ? demandai-je tout à coup.

— Oh Guido, me répondit-elle, moi aussi, je voudrais ce que tu veux, mais après ce serait pire, tu me traiterais comme les autres...

— Faisons quelque chose, marions-nous.

— Guido, je ne peux pas ; ça, c'est ma vie, et

je suis sûre que dans un an, peut-être moins, tu me haïrais...

— Mina, je t'aime.

— Je sais, me dit-elle en prenant ma main, je sais, Guido, et crois-tu que je ne comprends pas ce que tu souffres ? Mais c'est justement pour ça que je te demande d'être mon ami et de ne pas vouloir autre chose. » Elle leva les yeux vers mon visage : « J'aurais honte devant toi, murmura-t-elle.

— À Voghera tu acceptais de m'épouser.

— À Voghera tu m'aimais et tu m'as crue quand je t'ai dit que papa ne voulait pas.

— On a vu le résultat.

— Guido, papa est mort et le reste me regarde.

— Et avec qui devrais-je te tromper ?

— Pourquoi parlais-tu avec Adelaide ?

— Mais elle s'est trouvée devant moi : je te cherchais. »

Mina se rembrunit : « Ne viens plus jamais dans cette maison. La prochaine fois, tu ne me verrais plus.

— Mina, lui dis-je en m'arrêtant, je ne veux rien te demander mais je le vois bien que cette vie te fait honte. Arrête donc et marions-nous. Je suis toujours le même.

— Je n'ai pas à avoir honte, Guido. Et je t'ai déjà dit non.

— Tu as la syphilis. Mina ? »

Un sourire lui échappa. « Comment pourrais-je travailler ? Oh Guido, tu es un enfant. Ce serait si beau de se comporter en bons amis et d'oublier tout ça. Qu'est-ce que ça peut te faire ? Fais comme si j'étais déjà mariée. »

Nous nous vîmes d'autres fois, le matin ; Mina portait cette robe vert et marron ; une fois, elle vint, vêtue de blanc, et elle semblait plus grande et aussi plus grave sous sa pèlerine flottante. Pour avoir deux ou trois matinées par semaine, je voyageais de nuit, j'abrégeais mes tournées, je manquais les échéances de quelques clients. Parfois le soir en montant dans le train, seul, je pensais, haletant, à la Mina plus grande et plus sérieuse et je ne réussissais pas à la superposer à l'autre image que j'avais d'elle : et pourtant, il aurait suffi de la déshabiller. Son petit front de femme, froncé, me faisait trembler. Je regrettais avec angoisse les jours où elle était allée se baigner : je pensais à elle toute seule, là-bas. Je l'accompagnais dans son voyage, avec attendrissement : je m'asseyais avec elle, je marchais à côté d'elle et je murmurais des mots ; nous dormions côte à côte. Parfois je triomphais de l'horreur des lents après-midi en me persuadant que tout était bien ; que j'avais trouvé une femme nouvelle, intacte dans son humiliation. La dureté même avec laquelle elle me résistait avait pour moi une valeur et une amère douceur. Un soulagement éperdu me venait à l'idée que sa vie la plus secrète était solitaire et hautaine. Je la sentais mon égale.

Un matin frais de septembre, elle vint au rendez-vous en compagnie d'une fille plus jeune,
aux lèvres très peintes et coiffée d'un chapeau
incliné qui lui coupait un œil. Je crois que j'eus
une mine désolée parce que toutes les deux se
mirent à rire en se regardant : la fille, de façon
très bruyante.

« Nous n'allons pas manger ensemble ? murmurai-je à Mina en me mettant à son côté.

— On va y aller », fit-elle en souriant et elle
prit mon bras.

Elle fit un petit saut en se serrant contre moi.
Je fus soulagé et heureux parce que ce jour-là,
j'avais préparé beaucoup de choses à lui dire à
l'heure tranquille du repas. Mais la fille m'en-
nuyait.

Mina se mit à me parler de mon travail et me
fit nommer les endroits où j'étais allé ces jours
derniers. Elle se rembrunit quand, avec un petit
sourire, je lui révélai que je laissais des clients
pour ne pas manquer ses matinées. Elle s'arrêta
sur le trottoir en faisant une grimace. Mon sourire tomba et je lui montrai d'un regard sup-
pliant sa compagne, immobile à côté de nous.

« Tu gâches ta vie pour des bêtises, dit Mina
sèchement, je ne veux pas de ça. Ce sont des
enfantillages que je peux pas écouter. Quand on
travaille, il faut travailler. Tu es seul et tu as
besoin de faire ton chemin. Ça signifie que c'est
moi qui gâche ta vie : nous ne nous verrons
plus. »

Bêtement, un sourire me revint aux lèvres. J'entrevis le profil de l'autre, tourné vers le sol, impassible. Je ne répondis pas à Mina, mais je pris son bras et je dis d'avancer. Mina se dégagea et nous repartîmes.

Après un long silence, l'autre demanda brusquement quelque chose. Elles se mirent à discuter pour savoir si deux douzaines de savonnettes à l'iréos qu'Adelaide avait usées en un mois justifiaient les rigueurs de la patronne.

« Qu'est-ce qu'elle lui a fait ? demandai-je.

— Elle ne lui a plus rien fait, voilà, ricana la fille en plissant les coins de sa bouche. Et l'autre a ce caprice-là et ça la démange. »

Je jetai un coup d'œil sur Mina qui, la tête basse, marchait les yeux fixés au sol. Je comparai son profil et celui de l'autre, émacié et sensuel, et je retrouvai la ligne forte, la dureté du menton que j'aimais. J'effleurai légèrement son bras et je le serrai contre moi.

« Il y a longtemps que vous vous connaissez ? demandai-je à la fille.

— Nuccia est romagnole, fit Mina.

— Tu sais, Nella, que Mme Martire m'a demandé quand tu reviendras à Bologne ? »

Je sursautai ; Mina planta son regard dans celui de Nuccia. Nous pressâmes le pas. Nous arrivâmes en silence devant le café où Nuccia était attendue.

À la table blanche de notre restaurant, nous

nous regardions sans parler. J'observai que les mains de Mina étaient redevenues claires.

« Tu étais bronzée ?

— J'ai fait une bonne cure de soleil. Je prenais une barque, j'allais au large et j'enlevais mon maillot.

— Tu ramais tonte seule ?

— Ce n'est pas difficile. »

Je la regardais, l'œil fixe. Mina s'efforça de sourire. « Ne dis rien, Guido. Je vais à la mer pour me reposer. »

Mina finit rapidement son assiette. Je baissais la tête, elle m'observait. Tout à coup, elle dit : « Pourquoi fais-tu ça ?

— Quoi ?

— Pourquoi négliges-tu ton travail ? Comment veux-tu que je te croie si tu fais comme ça ?

— Et toi, pourquoi ne veux-tu pas m'épouser ?

— Je te l'ai déjà dit, Guido.

— Non, tu ne me l'as pas dit. Tu t'amuses à jouer avec moi. Quand vas-tu à Bologne ?

— Je ne vais pas à Bologne. J'irai peut-être à Milan.

— Combien de maisons as-tu faites ?

— Je n'ai pas pensé à les compter.

— Qui est-ce qui t'entretient ? »

Le regard dur de Mina s'adoucit. « Tu dois beaucoup souffrir, Guido, pour me dire ça. Je crois que ça te fait mal à toi aussi.

— À tout prendre, je préfère ce mal-là. Tu ne veux pas de moi parce que tu as quelqu'un.

— Mais Guido, tu ne vois pas comment je travaille et quelle vie je mène ? Si quelqu'un m'entretenait... » dit-elle avec peine, mais elle fronça soudain les sourcils : « Je m'entretiens moi-même et tu le sais.

— C'est parce que je vois la vie que tu mènes que je veux t'épouser. Oh Mina, tu ne veux vraiment pas comprendre ? Nous travaillerons ensemble, si tu veux ; nous nous verrons seulement le soir ; si tu ne veux pas, nous ne nous marierons pas, mais quitte cette vie, aie pitié de moi, tu es la seule femme qui vaille la peine, même autrefois à Voghera, tu ne voulais pas entendre supplier, je te le demande pour ton bien, dis-moi comment je dois te supplier. Cette vie que tu mènes...

— Cette vie me plaît », dit Mina calmement.

Je baissai la tête comme si je m'étais heurté à un rocher. Hébété, je regardai autour de moi et c'est la violence de ma douleur qui me retint. Puis une fureur brûlante monta dans mon cœur. À voix basse, je l'insultai autant que je pus.

« Tu vois, et tu voulais m'épouser », fit Mina.

Un matin, elle me demanda à l'improviste si elle pouvait voir ma chambre et la ranger. Frémissant d'émotion, je la fis monter par le vieil escalier obscur et, à peine entré, j'ouvris la fenêtre en grand. Avec la fraîcheur de la lumière, entra une impression nouvelle. Par terre, il y avait ma valise ouverte près de l'armoire entrebâillée et une liasse de vieux catalogues de la maison où je travaillais. La tasse encore sale de café sur la table de nuit et le lit intact étaient tels que je les avais entrevus en sortant peu avant.

Mina marcha vers moi et m'embrassa. Aujourd'hui encore que tout est fini, mon cœur bat au souvenir de la douceur pure et ferme de son corps secret. Tout le temps, Mina me regarda de ses yeux limpides, en caressant mon dos. Une atmosphère fraîche nous enveloppait, comme je n'en ai plus jamais senti.

Mais vint l'après-midi et je restai seul. Mina avait promis de se faire porter malade ce jour-là à condition que j'aille travailler. Je baissai la tête et je pris le train. Le lendemain à l'aube, j'étais déjà de retour et je lui écrivis un mot que la portière obscène, m'ayant ouvert en robe de chambre, prit de mauvais gré. Elles dormaient toutes et je courus attendre à notre café, en traversant les rues voilées d'un peu de brume. Les arbres des boulevards étaient encore verts, et froids.

Mina arriva très tard, alors que je me mordais déjà les poings, et elle vint vers moi sans me regarder. Elle était habillée de vert et de marron. Elle s'assit et leva les yeux.

« Mina, te voilà, fis-je doucement.

— Pourquoi m'as-tu appelée, Guido ? »

Je balbutiai : « Je suis revenu pour te voir ; ma

maison a fait faillite. Aujourd'hui, dis-je en un gémissement, le poing serré.

— C'est vrai ? demanda Mina d'une voix hésitante.

— Pourquoi est-ce que je te mentirais ? C'est moi qui en subis les conséquences.

— Comment l'as-tu appris ?

— Je passais ce matin pour faire mon rapport et j'ai trouvé les scellés. Il y a longtemps que je m'étais aperçu que la situation était chancelante, mais je ne pensais pas... Il est encore possible qu'ils arrangent ça,

— Et toi, qu'est-ce que tu vas faire maintenant ?

— Je vivrai de mes économies : j'en ai un peu. Je chercherai autre chose. Nous devrions nous marier et chercher ensemble.

— Mon pauvre Guido, maintenant, il faut que tu t'occupes de ton travail.

— Tu ne veux pas m'aider ? demandai-je, déçu.

— Bien sûr que je t'aiderai. Mais tu ne dois plus penser à moi... comme ça. Tu as déjà une idée ? »

Pendant qu'elle buvait son café crème, je la regardais. J'étudiais ses yeux, je cherchais la Mina d'hier.

« Toute la soirée, j'ai tremblé de peur que tu descendes, dis-je en lui caressant la main.

— Je suis descendue... oh chéri. Je suis descendue pour dîner.

— Tu vois, Mina, je ne pouvais pas oublier ce
bonhomme de l'autre mardi soir — tu te rappelles, quand tu étais jalouse d'Adelaide : il avait
des lunettes, un type fruste... Je pensais : savoir
s'il est revenu aujourd'hui. »

Mina ferma un peu les yeux en cherchant.
Puis elle fit la moue. « Je me rappelle... Tu as été
méchant ce soir-là. Pourquoi étais-tu venu ? Tu
m'as fait beaucoup souffrir.

— Et moi, Mina ? Mais il n'est plus venu, ce
bonhomme-là ?

— Pourquoi lui justement ?

— Mina, je t'ai vue me tromper avec lui.

— Te tromper ? sourit Mina. Je peux tromper
quelqu'un, moi ?

— Tu peux faire souffrir les peines de l'enfer,
quand tu veux.

— Et hier, Guido ? C'était l'enfer ? »

On était bien ce matin-là, assis contre la vitre
vibrante de soleil. On était bien, mais j'avais les
mains qui tremblaient. Vers la fin, Mina s'en
aperçut. « Tu as les mains qui tremblent : qu'est-
ce que tu as ?

— Il faudrait une alliance pour les immobili-
ser. »

Mina rit fortement, amusée. « Quand tu parles
comme ça, tu es adorable », et elle m'adressa un
sourire.

À partir de ce jour-là, je vécus comme un fou.
J'espaçais mes voyages et je cherchais à faire
en une journée le travail d'une semaine — au

bureau où on me voyait très rarement, les autres hochaient la tête et se préparaient à passer devant moi. Ce mois-là, je toucherais la moitié de mes pourcentages habituels. Je passais de longs après-midi solitaires à rêver à l'avenir, à penser à Mina dans son manteau blanc, chassant les souvenirs les plus atroces et les plus récents de sa nudité. Le soir surtout, c'était un lent tenaillement qui, par instants, m'arrachait des larmes. Cela ne pouvait pas durer : je gémissais, tout seul, à voix haute. Parfois je buvais, mais alors mes larmes et mes hurlements jaillissaient dans un bourdonnement de gaieté dérisoire, plus exaspérés que jamais. Je me démolissais l'estomac mais je n'arrivais pas à oublier. Je m'endormais en étreignant mon oreiller.

Elle, impitoyable et adorée, revenait de temps en temps chez moi. Elle me traitait tendrement, inflexible seulement si je lui demandais de m'épouser. Devenu lâche, j'hésitais à lui montrer dans quel état j'étais et à la supplier encore : j'étais atterré à l'idée de ces yeux durs et des mots hostiles : « Si tu m'aimes, comprends-moi. » Parfois, l'angoisse intolérable m'arrachait une plainte dont elle souriait avec mélancolie. J'essayais de plaisanter et je pensais à la tuer. Je le lui disais, les dents serrées.

Pour elle, j'étais un chômeur et tous les matins je l'attendais. Je l'accompagnais pour faire ses achats. Pour rien au monde, je n'y aurais manqué et quelquefois, j'essayais inutilement de payer une de ses emplettes. Quand j'étais seul, je passais parfois devant ses magasins de parfumerie ou de lingerie et je pensais à elle avec un frisson.

« Mina, lui murmurai-je un jour où nous étions allongés côte à côte, quand je te regarde ou que tu me regardes, et tu as les yeux immobiles comme ça. Il y en a qui disent que les femmes retournent leurs yeux et montrent le blanc. Toi non ?

— De quoi te mêles-tu ? répondit-elle en souriant tout contre mon visage.

— C'est parce que je t'aime, répondis-je à voix basse.

— Si tu m'aimes, ça doit te suffire », dit-elle en se serrant contre moi.

Ce jour-là, nous descendîmes l'escalier et nous marchâmes en gardant le silence. Il pleuvotait et nous allâmes bras dessus bras dessous en rasant les murs. Je ressentais les premières angoisses de ma solitude imminente.

« Guido, qu'est-ce que tu as ?

— Rien, je suis content.

— Tu vois, Guido, tu te souviens de ce que disait Nuccia l'autre jour ?

— Quoi, tu vas à Bologne ?

— Non, Guido, à Milan, dit-elle avec une moue. Ce qu'elle disait avant, quand elle parlait d'Adelaide. »

Je ne me souvenais pas.

« Elle disait que la patronne était méchante

envers Adelaide. Tu te rappelles maintenant ? »
Je fis un signe de tête. « Guido, nous sommes
toutes un peu comme Adelaide. Cela vient de la
vie que nous menons. Ce n'est pas une vie très
belle, Guido. »

Regardant fixement devant moi, sans voir, je
rompis le silence. « Avec Nuccia, Mina ?

— Avec qui, ça n'a pas d'importance. »

J'éprouvais une étrange sensation d'humiliation et de soulagement. Je respirais péniblement
l'air humide, serrant sans m'en apercevoir le
bras de Mina. Nous nous arrêtâmes au coin, sans
raison.

« Maintenant, je te dégoûte, Guido ? demanda
Mina, ses yeux grands ouverts fixant les miens.

— Oh, Mina, j'accepte tout ce que tu es. »

« Tu sais, lui dis-je encore au moment de nous
quitter, ça me fait peut-être plaisir. Je préfère. »
Mina m'adressa un sourire en coin et s'éloigna.

Deux jours plus tard, nous partîmes pour
Milan. Je l'avais convaincue que je ne faisais plus
rien à Turin et que je trouverais peut-être du travail là-bas dans une entreprise concurrente.
Nous descendîmes à l'hôtel et Mina resta deux
jours et deux nuits avec moi. Jusqu'alors, je
n'avais été à Milan que de passage, et ce furent
deux jours de rêve, à marcher par de longues
rues inconnues, nous serrant l'un contre l'autre
et regardant les magasins, revenant le soir avec
des yeux pleins de rire. Mon cœur se gonflait à
la vue de cette chambre sommaire, encombrée

de valises, mais frémissante et vivante de la présence certaine de Mina. C'étaient les derniers beaux jours d'octobre et les arbres et les maisons s'imprégnaient d'une douce tiédeur.

Puis Mina s'en alla à sa maison. J'écrivis à mes employeurs pour leur demander s'ils ne pouvaient pas me confier le contrôle de cette province. Ils me répondirent que si je ne reprenais pas le travail dans mon secteur, ils m'enlevaient immédiatement ma place. Je ne répondis même pas et je mis à chercher dans la ville.

Novembre arriva, avec la pluie et le brouillard épais. J'habitais au fond d'une cour dans une chambre sans air et sans femme, où je ne refaisais jamais mon lit. Je ne faisais le ménage que si Mina venait. Mais elle vint rarement, parce que le matin, elle était très fatiguée. Je passais des heures entières allongé sur le lit, à fixer la porte entrebâillée en écoutant la pluie, et plus tard en regardant la neige. J'avais encore quelques milliers de lires mais je ne mangeais pas toujours, dans l'espoir qu'ils pourraient servir pour nous marier. Des pensées troubles et indociles m'agitaient tandis que, transi, j'allais par les rues et que j'enviais les cantonniers qui avaient trouvé du travail.

Mina était dans une villa austère, au fond d'une rue qui débouchait sur un parc désolé. À l'intérieur, il y avait des tapis et une bonne chaleur ; je le sus une fois où je l'accompagnai jusque dans l'entrée. Ici, cela coûtait plus cher

et un nouveau supplice commença pour moi :
les visiteurs étaient des gens riches, plus oisifs,
très âgés : c'est elle-même qui me le dit et j'aurais préféré qu'elle soit dans les bras d'un soldat
ou de quelque ouvrier. Pour ce qui est d'y entrer
moi aussi, comme les autres, il ne fallait pas en
parler ; il y avait des nuits où je pleurais de rage,
mais il suffisait du souvenir de ce coup d'œil hos-
tile pour me faire plier. J'étais seul, — lui dis-je
une fois —, je ne trouvais jamais rien, la ville
m'écrasait, étrangère et immense, il y avait des
après-midi livides où j'avais même froid et envie
de pleurer : est-ce que je ne pouvais pas venir la
voir.

« Si tu étais resté à Turin... » me dit-elle. Mais
elle ajouta aussitôt : « Après la première fois, tu
viendrais une deuxième et puis une autre et tu
as besoin de tes économies.

— Seulement pour bavarder, Mina.

— Non, je viendrai bientôt chez toi. »

Un soir où je mangeais une assiette de soupe
dans un restaurant, j'entendis deux personnes,
un homme et une femme, parler d'une agence
qui faisait des miracles. Maintenant, je ne comp-
tais plus sur une place de représentant, et puis
il me fallait un travail provisoire. Nous parlâmes
autour de deux verres de vin. Je regardais ces
visages avec une peine infinie ; toujours à cette
époque, quand je n'étais pas tenaillé par ma
jalousie, j'éprouvais devant deux yeux humains
une tendresse humiliée. La fille était maigre,

avec des cheveux dans les yeux et un imperméable usé ; l'homme, un ouvrier osseux, suçait
lentement une cigarette. Ils avaient été au chô-
mage pendant des mois, maintenant, lui était
jardinier et c'était le premier dîner qu'ils pouvaient se payer. La fille ne disait rien, elle
approuvait seulement, en me dévorant des yeux.

Le lendemain, je courus à l'agence, mais pour
le moment ils n'avaient rien.

Nous revînmes dans notre ville à la fin de
mars. Ma vieille propriétaire m'avait gardé ma
chambre mais j'avais presque honte de lui montrer mon visage osseux. J'en étais arrivé au point
que, si j'entendais soudain parler, je sursautais.

Mina parlait de prendre des vacances, de faire
un peu « l'enfant gâtée ». Ses joues se creusaient
légèrement et elle mettait du rouge à ses lèvres
trop pâles. Mais sur son front, sa ride était toujours dure. Elle me parlait avec beaucoup d'af-
fection et me demandait si je l'aimais encore.

Mais elle retourna à la maison où elle était
avant, je l'avais suppliée dans son intérêt de ne
pas le faire, d'aller un peu à la campagne, de
penser à elle-même : je serais resté à Turin pour
chercher du travail. Les premiers jours, elle me
dit qu'elle ne descendrait pas travailler ; et effec-
tivement elle sortit souvent le soir avec moi, mais
un après-midi où j'osai aller la chercher, on me
dit qu'elle était occupée. Je rentrai lentement
chez moi.

Je trouvai un travail intermittent que j'accomplissais en salopette pour préserver mon costume de sortie. Je lavais des autos après dîner et la nuit dans un garage pas trop loin de chez moi, et je me rappelle encore mes longues veilles, assis sur le banc à l'entrée fumant en cachette sous la lumière rouge de la grande enseigne. Maintenant j'évitais mes collègues, les voyageurs de commerce que je connaissais autrefois, pour ne pas être obligé à parler de moi. Assez fréquemment, j'étais content de cette solitude.

Mina sortait le matin et portait une casaque orange, insolite, qui la faisait reconnaître de loin entre mille. Ses boucles souriantes lui donnaient un air enfantin, comme une feuille sur une orange. Elle retrouva bientôt tout son éclat et prit une façon provocante de fermer les yeux à demi quand je lui parlais qui me la rendit encore plus chère. La dureté de sa volonté n'affleurait alors que dans le ton qu'elle avait inconsciemment en parlant de nous. Elle avait un an de plus que moi mais je la sentais adulte, supérieure, virile. Qu'est-ce que j'étais d'autre qu'un enfant capricieux en face d'elle ?

Nous parlions de ce jour du mois d'août où je lui avais demandé pour la première fois de m'épouser. « Je t'ai aimé pour ça aussi, me disait-elle.

» Il vient un jour où on désire avoir une maison, disait-elle. Tu m'as donné un sentiment qui

autrefois, m'aurait fait sourire. Je voudrais rede-
venir comme j'étais à Voghera, sotte mais jeune,
et digne de toi. Si nous ne nous étions pas quittés à ce moment-là, Guido.

— Mais nous nous sommes retrouvés, Mina,
et maintenant, nous sommes sûrs de nous. Si je
pense à ça, je ne regrette pas ton passé.

— Tu le regretterais un jour.

— Mina, est-ce que je t'ai jamais reproché
une seule fois le passé ? C'est le présent qui me
tue. Oh Mina, maintenant nous savons que nous
pouvons vivre ensemble. Ces deux jours à
Milan...

— Mais toi, tu dois travailler, maintenant, tu
ne peux pas penser aux femmes... »

Une autre fois où je revins à la charge, serrant
encore les dents après une nuit de jalousie, Mina
me dit avec un sourire boudeur : « Tu oublies
que j'ai des vices.

— On s'occupera aussi des vices », répondis-
je en haussant les épaules. Mais nous échan-
geâmes un regard embarrassé.

Cette année-là, le mois d'avril ne s'adoucissait
pas. Frais, presque froid, chaque matin appor-
tait des nuages au-dessus des arbres flexibles des
boulevards. Mais il pleuvait souvent : la pluie
verte, tiède, murmurante, du printemps. Quelquefois, dans ma chambre nue, je regardais Mina
avec une angoisse mortelle. Alors elle tressaillait,
se raidissait et disait quelque chose. Je lui
demandai une fois de quels vices il s'agissait. Elle

bondit : « Que tu es bête, fit-elle, en me tenant
une main, tu me prends vraiment toujours au
sérieux ? »

Finalement, il y eut du soleil et une petite
brise légère qui rendait les rues lumineuses. Je
pensais que j'obtiendrais bientôt d'emmener
Mina se reposer à la mer. Je n'avais jamais vu la
mer au printemps. Un matin, sans rendez-vous,
j'étais à ce bistrot devant sa maison et je regardais la tache du soleil oblique sur le pavé et je
pensais à elle, derrière les persiennes fermées,
endormie. Soudain, trois silhouettes sortirent
du couloir : un homme et deux femmes. La
deuxième — en bleu et orange — était Mina. Ils
passèrent sur le trottoir devant les caisses de
plantes vertes. L'autre était Adelaide que je
reconnus à peine sous son chapeau. Et l'homme
avait un profil coupant, avec des lunettes : son
chapeau lui cachait le front. Il marchait au bras
de Mina et il me sembla que c'était le visage
détesté de l'autre soir, au mois d'août.

Quand le lendemain je le lui demandai, et
j'avais une voix hésitante, Mina répondit qu'en
effet, c'était le même ; sans se troubler, elle
expliqua qu'il était revenu un soir, qu'il était
devenu un grand ami d'Adelaide, et qu'eux
deux s'étaient reconnus ; puis une autre, Mafalda,
l'avait emmené en haut ; quand elles étaient res-
tées seules toutes les deux, Adelaide lui avait
raconté une histoire à la fois drôle et émouvante
sur lui, l'ingénieur ; et elle commença à me

raconter cette histoire d'un cas de timidité mais je l'interrompis avec impatience.

« Tu es retournée là-haut avec lui ? » demandai-je d'une voix étranglée.

Mina haussa les épaules : « C'est un bon client. » Et au bout d'un instant : « Il veut m'épouser. »

Elle planta ses yeux dans les miens et les baissa aussitôt.

« Guido, ne fais pas l'enfant », murmura-t-elle durement.

Je croyais que j'avais un peu appris à souffrir, mais ce jour-là, je fis l'expérience de l'ouragan, et je compris pourquoi on secoue la tête pour ne pas étouffer. C'est comme dans un vent rageur, quand le souffle vous manque. Seul dans ma chambre, appuyé au mur, je haletais en poussant de temps en temps un gémissement. Je m'étonnais de ne pas hurler, de ne pas m'arracher les yeux, de ne pas tomber foudroyé. Je ne pouvais pas crier et je ne pouvais pas bouger. Je restai là, suffoquant : pendant une demi-heure peut-être. Quelque chose en moi me brûlait.

Quand je sortis vers le soir, j'étais faible et hébété. Je savais bien qu'au fond, rien n'était changé : que les rues s'étendaient calmes sous le dernier soleil, que les gens passaient, que la nuit descendait et que demain, comme toujours, je verrais Mina ; je savais que j'étais indemne et vivant, et pourtant je regardais tout autour de moi comme si j'avais perdu le sens et que tout était bouleversé.

À partir du lendemain ma question inutile fut différente : « Pourquoi est-ce que tu lui dis oui, à lui ?

— Je ne lui ai pas dit oui, répondait Mina.

— Mais lui vient te chercher à l'intérieur, ce qui veut dire que tu l'acceptes.

— Dieu sait pourquoi, disait-elle en riant.

— Il le sait que tu t'appelles Mina ? » Elle baissa la tête d'un air contrit. « Tu vois, salope. »

Mes économies avaient beaucoup diminué et au garage je gagnais à peine de quoi vivre un jour. Je pensais que maintenant, même si elle voulait, je ne pourrais pas épouser Mina, et une colère aveugle me prenait contre ce blond qui possédait beaucoup d'argent ou, puisqu'il allait la voir, qu'elle entretenait elle-même. Je le lui dis une fois. Mina me répondit : « C'est une personne décente et malheureuse. Lui est vraiment mon ami et ne fait pas de scènes comme ça. Tu n'es qu'un enfant, Guido. Pourquoi ne retournes-tu pas à ton travail ?

— Mais je n'ai plus de travail, tu le sais bien.

— J'étais si fière de toi quand tu étais voyageur.

— Tu veux que je me tue, Mina ? »

Elle vint me voir encore une fois, un matin de mai. Nous restâmes longuement ensemble. Je la regardais en tremblant. Elle se serra contre moi comme une mère et puis elle m'écarta. « Tu es

content, Guido ? » Je lui répondis que oui. « Tu
vois, chéri, tu devras toujours te souvenir de moi
comme je suis aujourd'hui. Tu m'as toujours dit
que tu me pardonnais. Si je t'ai fait souffrir,
pense que j'ai souffert pour toi, moi aussi. Et plus
que toi, peut-être. Parce que je t'aime beaucoup.

— Mina, nous ne nous verrons plus ?

— Bien sûr que si, mais pas ici. Je fais ton mal-
heur en venant ici. Tu dois t'occuper de travailler.

— Sans toi, Mina...

— Avec moi, Guido : nous nous verrons tous
les matins...

— Et si tu te maries avec lui ?

— Je n'y ai pas encore réfléchi.

— Laisse-moi venir te voir moi aussi : nous
combattrons à armes égales.

— Mais il ne vient presque jamais... »

Il y avait des matins vides où Mina manquait
au rendez-vous, ce qui voulait dire que quelqu'un était allé la voir alors qu'elle était encore
au lit. Je restais assis, je restais longuement assis
au café, sans rien dire, le regard perdu, écoutant
à peine les gens qui allaient et venaient : j'avais
pris le tic d'esquisser un sourire qui, quand il
s'était effacé, persistait, imprimé sur mes lèvres.
J'avais l'impression d'être toujours saoul.

Un soir je ne pouvais plus respirer : tout
l'après-midi j'avais marché et pleuré. Je devais
descendre au garage et au lieu d'y aller je partis
chercher Mina. Je montai les trois marches

comme on monte à l'échafaud, je sonnai en tremblant et je me glissai en souriant dans la salle.

Je dis à voix forte : « Vous êtes toutes des putains. »

La phrase fut prise pour un salut quelconque et personne ne bougea. Les filles — Mina parmi elles — assises près de la porte, bavardaient entre elles et se retournèrent à peine. En revanche, quelques-uns des hommes qui étaient assis sur les côtés levèrent vivement la tête et me regardèrent. Je parcourus la rangée, cherchant ce visage. J'étais capable de l'anéantir.

Mais ce visage n'était pas là et Mina me suivait du regard. Elle vint derrière moi et me demanda doucement : « Tu veux venir avec moi, Guido ? »

Je la suivis à demi inconscient. Dans l'escalier je pensais au jour où j'étais monté derrière Adelaide et où il ne s'était encore rien passé. Mina entra dans la même chambre que cette fois-là. Sur la porte était écrit Manuela.

Sur la commode deux grandes valises étaient ouvertes, vides. Le lit était fait. Dans la chambre, mêlé à une légère odeur de savon et de caoutchouc, régnait un parfum discret.

Tout en refermant la porte elle demanda sans se retourner : « Qu'est-ce que tu cherchais en bas ? »

Mollement je répondis : « Je voulais tuer ton type. Et s'il vient, je le tue, bien que je sache que ça ne sert plus à rien maintenant. Oh Mina... »

et je me jetai devant elle, serrant ses genoux entre mes bras.

« Tu vois bien, dit-elle nerveusement, sans se baisser. Tu vois bien. Ça ne sert à rien. Ne me fais pas pleurer. Tu vois que je m'en vais.

— Tu vas à Bologne ?

— Non, cette fois, c'est pour toujours. Lève-toi. Je me marie. »

Elle dit cela avec un calme simple, d'une voix recueillie ; et je sentis toute l'énorme futilité de ma position. Je me relevais et je regardais la chambre, le miroir, la chaise encombrée, une fissure de la porte. « Je souffrirai après, je souffrirai après seulement », répétais-je en moi-même, hébété.

« Tu veux ? » avait dit Mina, baissant la tête et me regardant attentivement. Elle fit glisser sa robe de soirée sur son épaule.

Maintenant je regrette de ne pas l'avoir acceptée, piétinée, détruite : je me serais peut-être détaché d'elle. Tandis qu'aujourd'hui encore il me revient une douleur qui me replie sur moi-même et me fait me sentir comme un chien.

Continuant à me fixer, Mina tripotait son épaule. Je la fixai résolument. « Ne te déshabille pas, Mina, puisque tu dois te marier. »

Elle vint à moi, rouge de joie et me prit les mains, les serrant contre son cœur. « Pardonne-moi, Guido, maintenant je comprends que tu m'aimes vraiment.

— Je t'ai fait un autre sacrifice il y a quelque

temps... » Ses yeux flamboyèrent. « ... Tu te rappelles la faillite de mes employeurs ? Ils n'avaient
pas fait faillite. C'est moi qui voulais être libre et
te suivre. »

Elle lâcha mes mains. « Tu as fait ça ?

— Oui.

— Idiot, pourquoi est-ce que tu n'y retournes
pas ? Oh que tu es idiot ! Pourquoi as-tu fait ça ?
Pourquoi as-tu voulu gâcher ta vie ? Enfant que
tu es ! Retournes-y. Tu es un enfant. Un enfant
idiot. »

Quand je la quittai, ce mot résonnait sans fin
dans ma tête. Il ne me quitta pas de la nuit.

La souffrance qui suivit fut immense. Mais le
lendemain matin, je n'attendis plus Mina au
café. Je n'allai plus la chercher à la maison. Il
n'y a qu'une chose que j'aurais encore voulu lui
dire, qui me brûlait et qui, maintenant encore,
bondit dans ma gorge quand je pense au passé.
« Lui, il les satisfait tes vices, hein ? »

Pendant longtemps je me sentis comme
écrasé, comme quand, tout petit, je m'endormais en pleurant parce qu'on m'avait battu. Je
pensais à Mina et à son mari comme à deux êtres
adultes qui ont un secret : un enfant ne peut que
les regarder de loin en ignorant les joies et les
douleurs qui composent leur vie. Je trouvai du
travail pour mes longues matinées dans mon
garage et peu à peu je me résignai à mesure que
passait l'été. Maintenant que je suis devenu vieux
et que j'ai appris à souffrir, Mina n'est plus là.

DÉCOUVREZ LES FOLIO À 2 €

M. AMIS *L'état de l'Angleterre*, précédé de *Nouvelle carrière* (Folio n° 3865)

Entre vision iconoclaste du milieu de l'édition et errements sexuels et sentimentaux de personnages pathétiques, Martin Amis dresse avec un comique décapant un portrait du monde anglo-saxon.

G. APOLLINAIRE *Les Exploits d'un jeune don Juan* (Folio n° 3757)

Un roman d'initiation amoureuse et sexuelle, à la fois drôle et provocant, par l'un des plus grands poètes du XXᵉ siècle.

ARAGON *Le collaborateur* et autres nouvelles (Folio n° 3618)

Mêlant rage et allégresse, gravité et anecdotes légères, Aragon riposte à l'Occupation et participe au combat avec sa plume. Trahison et courage, deux thèmes toujours d'actualité...

T. BENACQUISTA *La boîte noire* et autres nouvelles (Folio n° 3619)

Autant de personnages bien ordinaires, confrontés à des situations extraordinaires, et qui, de petites lâchetés en mensonges minables, se retrouvent fatalement dans une position aussi intenable que réjouissante…

K. BLIXEN *L'éternelle histoire* (Folio n° 3692)

Un vieux bonhomme aigri et très riche se souvient de l'histoire d'un marin qui reçoit cinq guinées en échange d'une nuit d'amour avec une jeune et belle dame. Mais parfois la réalité peut dépasser la fiction...

L. BROWN *92 jours* (Folio n° 3866)

Entre désespoir et solitude, dans une Amérique rurale, le portrait lumineux et dur d'un homme qui croit en son talent.

S. BRUSSOLO *Trajets et itinéraires de l'oubli* (Folio n° 3786)

Aux confins de la folie, une longue nouvelle vertigineuse par l'un des maîtres de la science-fiction française.

J. M. CAIN   *Faux en écritures* (Folio n° 3787)

Un texte noir où passion rime avec manipulation par l'auteur du *Facteur sonne toujours deux fois.*

A. CAMUS   *Jonas ou l'artiste au travail,* suivi de *La pierre qui pousse* (Folio n° 3788)

Deux magnifiques nouvelles à la fin mystérieuse et ambiguë par l'auteur de *L'Étranger.*

T. CAPOTE   *Cercueils sur mesure* (Folio n° 3621)

Dans la lignée de son chef-d'œuvre *De sang-froid,* l'enfant terrible de la littérature américaine fait preuve dans ce court roman d'une parfaite maîtrise du récit, d'un art d'écrire incomparable.

COLLECTIF   *Il pleut des étoiles* (Folio n° 3864)

Berceau du 7ème art, Hollywood a créé des êtres à part : les *Stars.* Acteurs ou réalisateurs, leur talent, leur beauté, leurs amours et leurs caprices, leur destin souvent tragique ont bouleversé et fasciné des millions de spectateurs.

COLLECTIF   *« Leurs yeux se rencontrèrent »* (Folio n° 3785)

Drôle, violente, passionnée, surprenante, la première rencontre donne naissance aux plus belles histoires d'amour de la littérature mondiale.

COLLECTIF   *« Ma chère Maman... »* (Folio n° 3701)

Ces lettres témoignent de ces histoires passionnées de quelques-uns des plus grands écrivains avec la femme qui leur a donné la vie.

J. CONRAD   *Jeunesse* (Folio n° 3743)

Un grand livre de mer et d'aventures.

J. CORTÁZAR   *L'homme à l'affût* (Folio n° 3693)

Un texte bouleversant en hommage à un des plus grands musiciens de jazz, Charlie Parker.

D. DAENINCKX   *Leurre de vérité* et autres nouvelles (Folio n° 3632)

Daeninckx zappe de chaîne en chaîne avec férocité et humour pour décrire les usages et les abus d'une télévision qui n'est que le reflet de notre société...

R. DAHL   *L'invité* (Folio n° 3694)

Un texte plein de fantaisie et d'humour noir par un maître de l'insolite.

M. DÉON   *Une affiche bleue et blanche* et
                                autres nouvelles (Folio n° 3754)

Avec pudeur, tendresse et nostalgie, Michel Déon observe et raconte les hommes et les femmes, le désir et la passion qui les lient... ou les séparent.

S. ENDÔ   *Le dernier souper* et autres nouvelles
                                (Folio n° 3867)

Au cœur d'un Japon tourné vers l'avenir, Shûsaku Endô essaie de réconcilier traditions ancestrales et enseignement catholique, péché et obsession du rachat, souffrance et courage.

W. FAULKNER   *Une rose pour Emily* et autres
                                nouvelles (Folio n° 3758)

Un voyage hallucinant au bout de la folie et des passions les plus dangereuses par l'auteur du *Bruit et la fureur*.

F. SCOTT FITZGERALD   *La Sorcière rousse*, précédé de
                                La coupe de cristal taillé (Folio
                                n° 3622)

Deux nouvelles tendres et désenchantées dans l'Amérique des Années folles.

R. GARY   *Une page d'histoire* et autres
                                nouvelles (Folio n° 3759)

Quelques nouvelles poétiques, souvent cruelles et désabusées, d'un grand magicien du rêve.

J. GIONO   *Arcadie... Arcadie...*, précédé de
                                La pierre (Folio n° 3623)

Avec lyrisme et poésie, Giono offre une longue promenade à la rencontre de son pays et de ses hommes simples.

W. GOMBROWICZ   *Le festin chez la comtesse Fritouille*
                                et autres nouvelles (Folio
                                n° 3789)

Avec un humour décapant, Gombrowicz nous fait pénétrer dans un monde où la fable grimaçante côtoie le grotesque et où la réalité frôle sans cesse l'absurde.

LAO-TSEU   *Tao-tö king* (Folio n° 3696)

Le texte fondateur du taoïsme.

J. M. G. LE CLÉZIO   *Peuple du ciel,* suivi de *Les bergers* (Folio n° 3792)

Récits initiatiques, passages d'un monde à un autre, ces nouvelles poétiques semblent nées du rêve d'un écrivain.

P. MAGNAN   *L'arbre* (Folio n° 3697)

Une histoire pleine de surprises et de sortilèges où un arbre joue le rôle du destin.

I. McEWAN   *Psychopolis* et autres nouvelles (Folio n° 3628)

Il n'y a pas d'âge pour la passion, pour le désir et la frustration, pour le cauchemar ou pour le bonheur.

Y. MISHIMA   *Dojoji* et autres nouvelles (Folio n° 3629)

Quelques textes étonnants pour découvrir toute la diversité et l'originalité du grand écrivain japonais.

MONTAIGNE   *De la vanité* (Folio n° 3793)

D'une grande liberté d'écriture, Montaigne nous offre quelques pages pleines de malice et de sagesse pour nous aider à conduire notre vie.

K. ÔÉ   *Gibier d'élevage* (Folio n° 3752)

Un extraordinaire récit classique, une parabole qui dénonce la folie et la bêtise humaines.

C. PAVESE   *Terre d'exil* et autres nouvelles (Folio n° 3868)

Trois nouvelles, trois variations sur l'impossibilité du couple.

E. A. POE   *Aventure sans pareille d'un certain Hans Pfaall*

Une histoire burlesque et merveilleuse, admirablement écrite, par l'un des plus grands génies de la littérature américaine.

L. PIRANDELLO — *Première nuit* et autres nouvelles (Folio n° 3794)

Pour découvrir l'univers coloré et singulier d'un conteur de grand talent.

R. RENDELL — *L'Arbousier* (Folio n° 3620)

Une fable cruelle mise au service d'un mystère lentement dévoilé jusqu'à la chute vertigineuse...

P. ROTH — *L'habit ne fait pas le moine,* précédé de *Défenseur de la foi* (Folio n° 3630)

Deux nouvelles pétillantes d'intelligence et d'humour qui démontent les rapports ambigus de la société américaine et du monde juif.

D. A. F. DE SADE — *Ernestine. Nouvelle suédoise* (Folio n° 3698)

Une nouvelle ambiguë où victimes et bourreaux sont liés par la fatalité.

B. SCHLINK — *La circoncision*

Après le succès mondial du *Liseur*, Bernard Schlink nous offre un texte lucide et désenchanté sur l'amour et la mémoire.

L. SCIASCIA — *Mort de l'Inquisiteur* (Folio n° 3631)

Avec humour et une érudition ironique, Sciascia se livre à une enquête minutieuse à travers les textes et les témoignages de l'époque.

G. SIMENON — *L'énigme de la* Marie-Galante (Folio n° 3863)

Une courte histoire pour découvrir l'atmosphère, l'humour et les personnages hauts en couleur de Simenon, l'un des maîtres du roman policier.

B. SINGER — *La destruction de Kreshev* (Folio n° 3871)

Un bref chef-d'œuvre dans lequel Isaac Singer raconte avec talent les Juifs de la Pologne d'avant-guerre où se côtoient religion et surnaturel.

P. SOLLERS — *Liberté du XVIIIème* (Folio n° 3756)

Pour découvrir le XVIIIème siècle en toute liberté.

M. TOURNIER *Lieux dits* (Folio n° 3699)

Autant de promenades, d'escapades, de voyages ou de récréations auxquels nous invite Michel Tournier avec une gourmandise, une poésie et un talent jamais démentis.

M. VARGAS LLOSA *Les chiots* (Folio n° 3760)

Mario Vargas Llosa, écrivain engagé, raconte l'histoire d'un naufrage dans un texte dur et réaliste.

P. VERLAINE *Chansons pour elle* et autres poèmes érotiques (Folio n° 3700)

Trois courts recueils de poèmes à l'érotisme tendre et ambigu.

VOLTAIRE *Traité sur la Tolérance* (Folio n° 3870)

Une réflexion très actuelle sur le système judiciaire, la responsabilité des juges et les effets pervers des lois.

Composition Bussière
Impression Novoprint
à Barcelone, le 3 mars 2004
Dépôt légal: mars 2004
Premier dépôt légal dans la collection: avril 2003

ISBN 2-07-042867-2. /Imprimé en Espagne.

288